¡NOSOTROS!

Mario Benedetti
MONTEVIDEANOS

TRADUÇÃO
Ercilio Tranjan e Nilce Tranjan

PREFÁCIO
Eric Nepomuceno

*mundaréu

© Editora Mundaréu, 2016 (edição)
© Fundación Mario Benedetti, 1959, Montevideo
c/o Schavelzon Graham Agencia Literaria
www.schavelzon.com
© Eric Nepomuceno, 2016 (prefácio)

TÍTULO ORIGINAL
Montevideanos

COORDENAÇÃO EDITORIAL - COLEÇÃO ¡NOSOTROS!
Silvia Naschenveng

CONCEPÇÃO DA COLEÇÃO E SUGESTÃO DE TÍTULOS
Tiago Tranjan

CAPA
Tadzio Saraiva

PROJETO GRÁFICO
Claudia Warrak e Raul Loureiro

DIAGRAMAÇÃO
Elis Nunes

REVISÃO
Marina Tranjan e Isabela Norberto

Grafia atualizada segundo o Acordo Ortográfico
da Língua Portuguesa (1990).

OS TRADUTORES AGRADECEM A GENTIL COLABORAÇÃO DE DANIEL REYNOSO
(BUENOS AIRES), MARCELO CONDE (SÃO PAULO) E MAURO VEDIA (MONTEVIDÉU)

Dados Internacionais de Catalogação na Publicação (CIP)
(Câmara Brasileira do Livro, SP, Brasil)

Benedetti, Mario, 1920-2009.
 Montevideanos / Mario Benedetti ; tradução
Ercílio Tranjan e Nilce Tranjan ; prefácio Eric
Nepomuceno. -- São Paulo : Mundaréu, 2016. --
(Coleção ¡Nosotros!)

 Título original: Montevideanos.
 ISBN 978-85-68259-11-5

 1. Contos uruguaios I. Nepomuceno, Eric.
II. Título. III. Série.

16-05791   CDD-ur863

Índices para catálogo sistemático:
1. Contos : Literatura uruguaia ur863

1a edição 2016, 1a reimpressão 2021

Todos os direitos desta edição reservados à
EDITORA MUNDARÉU LTDA.
São Paulo — SP
www.editoramundareu.com.br
vendas@editoramundareu.com.br

SUMÁRIO

Mario, a vida, o mundo e Montevidéu/ Eric Nepomuceno 7

MONTEVIDEANOS

O orçamento 17

Sábado de Gloria 24

Inocência 32

A guerra e a paz 37

Ponta esquerda 40

Aquela boca 47

Intuição 50

Aqui se respira bem 55

Não vacilou 60

Almoço e dúvidas 70

Acabou a raiva 76

Caramba e lástima 81

Tão amigos 87

A família Iriarte 92

Retrato de Elisa 100

Os namorados 108

As xícaras 131

O resto é selva 138

Deixai-nos cair 159

MARIO, A VIDA, O MUNDO E MONTEVIDÉU

Eric Nepomuceno

Em 1959, quando foram publicados os contos de *Montevideanos*, Mario Benedetti era um jornalista conhecido – fazia parte do mítico semanário *Marcha* –, um poeta aprendiz (seu primeiro livro, *La víspera endeleble*, foi publicado em 1945; ele nunca permitiu sua reedição) e tinha 39 anos. Havia morado um tempinho em Buenos Aires, em 1946 casou-se com sua namorada eterna, Luz López Alegre, e aos 26 anos já era considerado um dos mais sólidos integrantes da "Geração de 45", que sacudiu a literatura uruguaia, e cujas estrelas de primeiríssima grandeza eram a poeta Idea Vilariño e o mestre de mestres Juan Carlos Onetti.

Tinha um nome tão extenso quanto esdrúxulo: Mario Orlando Hamlet Hardy Brenno Benedetti Farugia. Aquele seu livro de estreia, *La víspera indeleble*, foi seu presente de casamento para Luz. A edição era pequena, e as vendas foram ínfimas: exatos nove exemplares.

Até o fim de seus dias, Mario brincava dizendo que procurou intensamente, e em vão, os sete compradores anônimos. Os outros dois eram seus colegas de redação.

Tão extensa como seu nome foi a sua obra. Só de livros de poemas foram 33. E com uma diferença cabal em relação ao de sua estreia: Mario foi um dos poetas – foi e continua sendo – mais lidos do idioma castelhano. Aliás, mais lidos e mais queridos.

Quando Mario morreu, contei, num perfil escrito para um jornal brasileiro: "Seus versos estão em camisetas, bolsas, cartões-postais, xícaras, cartazes, e foram transformados em canções cantadas por gerações. Muitos desses versos, copiados por milhares de jovens que fingiam uma autoria imaginada, venceram amores esquivos. Cada vez que alguém dizia a Mario que tinha conquistado o grande amor graças aos seus poemas roubados, ele sorria feliz".

Mario morreu em maio de 2009. Passado o tempo, posso repetir exatamente cada uma dessas palavras. Sem dúvida, um dos poetas mais lidos e queridos do idioma castelhano.

Desde menino teve vida de nômade. O pai, farmacêutico, faliu, e a família deixou a cidade de Paso de los Toros e foi parar em Tacuarembó. Ficou por lá um tempinho, até que todos se mudaram para Montevidéu. Quer dizer que, em seus primeiros quatro anos de vida, Mario morou em três cidades.

Muitos e muitos anos depois, quando estava com 53 anos e já tinha viajado mundo afora, chegou a vez de novas mudanças. Depois do golpe militar de junho de 1973 no Uruguai, Mario foi parar em Buenos Aires. E dois anos depois, um novo exílio, para Lima.

Um exílio que durou pouco: veio um novo golpe, e lá foi ele, desta vez para Havana. E depois, para Madri.

Mario era asmático. A umidade era fatal para ele. Por isso mesmo, ao longo dos longos últimos anos de sua vida passou a dividir o tempo entre sua Montevidéu e a Madri adotada. "Sou, consegui ser, um homem sem inverno", comentava ele sorrindo: sua vida era dividida entre os verões e primaveras do Uruguai e da Espanha.

Conheci Mario em agosto ou setembro de 1973, quando nós dois morávamos em Buenos Aires. Uma tarde veio um dos habituais telefonemas de Eduardo Galeano, que dirigia a revista *Crisis*, que além de ser a mais importante revista cultural da época, e uma das mais importantes da América Latina em todos os tempos, era ponto de encontro das melhores cabeças de várias gerações e latitudes: "Passe por aqui lá pelas seis, seis e meia, que o Mario vem tomar um café e quero que vocês dois se conheçam".
Fiquei pensando qual Mario seria aquele. Cheguei lá e era o Benedetti.
Àquela altura, era um autor mais do que consagrado. Mas, se havia alguém que parecia duvidar daquela fama e daquele prestígio, era justamente ele. Era de uma timidez e de uma simplicidade impactantes. Não à toa, quando ele morreu, José Saramago comentou: "Mario Benedetti ocupava um lugar muito maior do que ele mesmo achava".
Ou seja, ele mesmo não se achava tão Mario Benedetti assim.
Num mundinho povoado de vaidades, era uma figura estrangeira. Galeano costumava brincar dizendo ser falsa a versão de que no zoológico humano nós, escritores, fomos recolhidos na gaiola dos pavões. "Não, não é verdade", dizia ele, completando "Muitos estão recolhidos no fosso das cascavéis".
Quem conheceu Mario sabe perfeitamente que, no seu caso, nem gaiola nem fosso. Era discreto, cordial, digno e bondoso, como corresponde aos uruguaios de alta estirpe. Mesmo sendo profundamente comprometido com as causas nas quais acreditava e pelas quais pôs sua vida em jogo, mesmo sendo intransigente na defesa de seus compromissos, num tempo em que isso significava alguma coisa de verdade, jamais se excedeu. Era intransigente, sim, mas conseguia não perder a calma jamais.
Havia também em Mario um toque de melancolia, outra característica da alma uruguaia. E, ao mesmo tempo, um

humor fino, ágil, travesso. E, enfim, era dono de um sentimento que, quando mal dosado, pode ser daninho – o que não era, em absoluto, o seu caso. É que Mario era capaz de um profundo sentimento de solidariedade, de compreensão e, aqui vem o tal perigo, era um homem piedoso.

Essa é a memória que guardo de Mario e de nossos encontros em Buenos Aires e Lima, na Cidade do México e Havana, em Madri e Barcelona, em Paris e Manágua.

Essa é a memória que reencontro, intacta, nos contos de *Montevideanos*. E que se reitera em romances como *La tregua* e *Gracias por el fuego*, que está estampada em tudo que ele escreveu, porque Mario é um exemplo redondo do tipo de autor que é o que escreve e escreve o que é. Que reflete em cada linha sua maneira de ver a vida e o mundo, e em cada linha trata de descobrir e revelar o que existe de oculto no cotidiano das gentes. Esse cotidiano pequeno, muitas vezes amargo, mesquinho, desesperançado, e que teimam em nos assegurar que se chama 'realidade'.

Mario era, sim, um homem comprometido – não apenas política e ideologicamente, mas comprometido com a vida. Dizia ele que "as causas nas quais creio me dão impulso, e porque as defendo, durmo tranquilo. Não me sinto derrotado em minhas crenças ideológicas, e vou continuar lutando por elas. Sem êxito, já sei...". Não dizia isso com resignação, porque não foi homem de se resignar. Dizia com suave certeza.

O cotidiano gris dos habitantes anônimos de Montevidéu, que Mario chamava de "a cidade de todos os ventos", é retratado com afeto e solidariedade nestes contos.

Passado mais de meio século de sua primeira publicação, *Montevideanos* até poderia correr o risco de ter se tornado prisioneiro do tempo. Qual o quê: essas dezenove histórias sobreviveram aos calendários porque trazem uma carga de humanidade que supera qualquer ampulheta.

"Sábado de glória", por exemplo. Ou "A guerra e a paz", "Aquela boca", "Almoço e dúvidas", enfim, os contos de *Mon-*

tevideanos independem da paisagem ou de detalhes pontuais. São reflexos da grandeza e da miséria de que é capaz a vida humana. E, isso sim, sempre abordadas com afeto e suavidade.

Porque essa foi, talvez, a característica mais marcante da obra de Mario. Em seus contos e romances, estendeu sempre um olhar solidário e compreensivo para a pequena classe média uruguaia - a aridez da vida dos burocratas, a rotina amarga de um cotidiano de pouco horizonte e sonhos restritos.

Traçou as distâncias entre esperança e realidade. Seus personagens eram gente comum, encontrados nos mergulhos na alma humana que Mario soube fazer tão bem. Com o romance *La tregua*, de 1960, chegou ao grande público. O livro teve 150 edições em 24 países. Cinco anos depois, com *Gracias por el fuego*, veio a consagração definitiva entre os escritores latino-americanos da segunda metade do século 20.

Sua vida foi a de um homem de esquerda, de compromisso com seu tempo e sua gente - um compromisso que custou perseguições e ameaças, exílio, desterro, as dores das separações e das perdas. Acreditava num outro mundo possível. Foi um suave indignado, um doce iracundo.

Aliou sempre o rigor da palavra escrita – "como escritor, meu primeiro compromisso é com a literatura" – com sua visão de mundo – "como cidadão, tudo que afeta o homem me diz respeito, e se o cidadão é escritor, é natural que a preocupação política apareça em sua obra", dizia.

Guardo, sim, de Mario a memória de um humor ingênuo e tímido, uma esperança tranquila e permanente, um olhar límpido; guardo a certeza de ter sido amigo de um homem bom, generoso e solidário. Em um de seus poemas dos últimos tempos, ele pediu: "quando me enterrem/ por favor não se esqueçam/ da minha caneta".

Mario Benedetti foi enterrado em Montevidéu. Milhares de pessoas o acompanharam ao longo de trinta quarteirões, seu derradeiro passeio pela cidade. Nenhuma delas jamais esquecerá sua caneta, nem as palavras que escreveu. De certa forma, saber dessa amplidão de gente que se deixou embalar e acalentar pela sua palavra escrita serve de consolo aos amigos.

Petrópolis, maio de 2016.

Montevideanos

*But, my God! It was my material,
and it was all I had to deal with.*

FRANCIS SCOTT FITZGERALD

O ORÇAMENTO

Na nossa repartição, vigorava o mesmo orçamento desde o ano de mil novecentos e vinte e poucos, ou seja, desde um tempo em que a maioria de nós ainda lutava com a geografia e as frações. Mas o Chefe se lembrava do acontecimento e, às vezes, quando o trabalho diminuía, sentava-se familiarmente sobre uma de nossas escrivaninhas, e, assim, com as pernas suspensas, que mostravam imaculadas meias brancas depois da calça, nos relatava, com sua velha emoção e as quinhentas e noventa e oito palavras de costume, o distante e magnífico dia em que o seu Chefe – na ocasião ele era Primeiro Oficial – tinha batido no ombro dele e dito: "Rapaz, temos novo orçamento", com um grande e satisfeito sorriso de quem já tinha calculado quantas camisas poderia comprar com o aumento.

Um novo orçamento é a ambição máxima de uma repartição pública. Nós sabíamos que outros departamentos com pessoal mais numeroso que o nosso conseguiam um novo orçamento a cada dois ou três anos. E olhávamos para eles da nossa pequena ilha administrativa com a mesma resignação desesperada com que Robinson Crusoé via desfilar os barcos no horizonte, sabendo que era tão inútil fazer sinais como sentir inveja. Nossa inveja e nossos sinais teriam servido de pouco, pois nem nos melhores tempos fomos mais do que nove funcionários, e era lógico que ninguém se preocupasse com uma repartição assim tão pequena.

Como sabíamos que nada nem ninguém no mundo melhoraria nossos salários, limitávamos nossa esperança a uma progressiva redução dos gastos e, com base em um cooperativismo bastante rudimentar, tínhamos, em boa parte, conseguido isso. Eu, por exemplo, pagava o mate; o Primeiro Auxiliar, o chá da tarde; o Segundo Auxiliar, o açúcar; as torradas, o Primeiro Oficial, e o Segundo Oficial, a manteiga. As duas datilógrafas e o porteiro ficavam isentos, mas o Chefe, como ganhava um pouco mais, pagava o jornal que todos nós líamos.

Nossas diversões particulares também se haviam apequenado ao mínimo. Íamos ao cinema uma vez por mês, tendo o cuidado de que cada um assistisse a um filme diferente, de modo que, contando-os na repartição, ficássemos todos a par de todas as estreias. Desenvolvemos o culto a jogos de atenção, como damas e xadrez, que custavam pouco e faziam passar o tempo sem bocejos. Jogávamos das cinco às seis, quando já era impossível que chegassem novos processos, uma vez que o letreiro no guichê advertia que depois das cinco não se recebiam "casos". Tantas vezes nós o tínhamos lido que já nem sabíamos quem o tinha inventado, nem sequer a que conceito correspondia exatamente a palavra "casos". Às vezes, alguém vinha e perguntava o número do seu "caso". Nós dávamos o número do processo e a pessoa se retirava satisfeita. De modo que um "caso" podia ser, por exemplo, um processo.

Na verdade, a vida que levávamos ali não era má. De vez em quando, o Chefe se via na obrigação de nos mostrar as vantagens da administração pública sobre o comércio, e alguns de nós refletíamos que já era um pouco tarde para que ele viesse com uma opinião diferente.

Um de seus argumentos era a segurança. A segurança de que não nos deixariam sem emprego. Para que isso pudesse acontecer, era preciso que se reunissem os senadores, e nós sabíamos que os senadores se reuniam apenas para interpelar um Ministro. De modo que, por esse lado, o Chefe tinha razão. Segurança existia. Claro que também existia a outra segurança, a de que nunca teríamos um aumento que nos permitisse comprar um sobretudo à vista. Mas o Chefe, que tampouco podia comprá-lo, considerava que não era mais a hora de pôr-se a criticar seu emprego ou o nosso. E – como sempre – tinha razão.

Essa paz já estabelecida e quase definitiva que pesava sobre a nossa repartição, deixando-nos conformados com nosso pequeno destino e um pouco entorpecidos pela falta de insônias, viu-se um dia alterada pela notícia que o Segundo Oficial trouxe. Ele era sobrinho de um Primeiro Oficial do Ministério e acontece que esse tio – e não vai aqui nenhuma ironia, apenas a verdade – tinha sabido que lá se falava de um novo orçamento para nossa repartição. Como no primeiro momento não sabíamos quem ou quais eram os que falavam do nosso orçamento, sorrimos com a ironia de luxo que reservávamos para algumas ocasiões, como se o Segundo Oficial estivesse um pouco louco, ou como se pensássemos que ele nos tomava por bobos. Mas quando ele acrescentou que, segundo o tio, quem tinha falado isso era o próprio Secretário, ou seja, a *alma parens*[1] do Ministério, sentimos logo que algo estava mudando em nossas vidas de setenta pesos, como se uma mão invisível tivesse finalmente apertado aquele parafuso que estava frouxo, como se nos tivessem sacudido a bofetadas todo o conformismo e toda a resignação.

No meu caso particular, a primeira coisa que me ocorreu pensar e dizer foi "caneta-tinteiro". Até aquele momento, nem eu mesmo sabia que queria comprar uma

---

[1] Expressão latina que significa "pátria-mãe", e que, no contexto, pode ser traduzida como "a personificação" ou "a própria alma" do Ministério. (N.T.)

"caneta-tinteiro", mas quando o Segundo Oficial abriu com sua notícia esse enorme futuro que contemplava toda possibilidade, por mínima que fosse, eu extraí de não sei que sótão dos meus desejos uma caneta preta com tampa de prata e com meu nome gravado. Sabe Deus em que tempos isso se havia enraizado em mim.

Vi e ouvi ademais como o Primeiro Auxiliar falava de uma bicicleta e o Chefe olhava distraidamente para o salto gasto de seus sapatos e uma das datilógrafas desdenhava carinhosamente de sua carteira dos últimos cinco anos. Vi e ouvi ademais como todos nos pusemos a falar de nossos projetos, sem que um se importasse realmente com o que o outro dizia, mas todos necessitando dar vazão a tanta ilusão contida e ignorada. Vi e ouvi ademais como todos nós decidimos festejar a boa nova financiando, sob a rubrica "reservas", uma excepcional tarde de biscoitos.

Isso, os biscoitos, foi o primeiro passo. Logo depois, veio o par de sapatos que o Chefe comprou. Depois dos sapatos do Chefe, minha caneta adquirida em dez prestações. Seguiu-se à minha caneta o sobretudo do Segundo Oficial, a carteira da Primeira Datilógrafa, a bicicleta do Primeiro Auxiliar. Um mês e meio depois, estávamos todos endividados e angustiados.

O Segundo Oficial havia trazido más notícias. Primeiro, que o orçamento estava em análise na Secretaria do Ministério. Depois, que não. Não era na Secretaria. Era na Contadoria. Mas o Chefe da Contadoria estava doente e era preciso esperar seu parecer. Todos ficamos preocupados com a saúde desse Chefe, do qual sabíamos apenas que se chamava Eugênio e que estava estudando nosso orçamento. Até um boletim diário de sua saúde quisemos obter. Mas só tínhamos direito a notícias desalentadoras que vinham do tio do nosso Segundo Oficial. O Chefe da Contadoria piorava a cada dia. Vivíamos uma tristeza tão grande pela doença desse funcionário que, no dia de sua morte, sentimos, como os parentes de um asmático grave, uma espécie de alívio por não termos mais que nos preocupar com ele. Na verdade, ficamos egoisticamente alegres porque isso significava a possibilidade de que a vaga fosse logo preenchida por um outro Chefe que, finalmente, estudaria o nosso orçamento. De fato, quatro meses depois da morte do senhor Eugenio, nomearam outro Chefe de Contadoria. Nessa tarde, suspendemos a partida de xadrez, o mate e os trâmites administrativos. O Chefe se pôs a cantarolar uma ária de *Aída* e nós ficamos – por isso e por tudo – tão nervosos, que tivemos que dar uma saída para olhar as vitrines. Na volta nos aguardava uma emoção. O tio havia informado que o nosso orçamento nunca tinha estado em análise na Contadoria. Tinha sido um erro. Na verdade, não tinha saído da Secretaria. Isso significava um considerável obscurecimento no panorama. Se o orçamento estivesse na Contadoria, não teríamos por que ficar alarmados. Afinal, entenderíamos que ele não tinha sido analisado até o momento devido à enfermidade do Chefe. Mas se ele realmente estava na Secretaria, na qual o Secretário, seu Chefe supremo, gozava de perfeita saúde, a demora não se devia a nada e podia converter-se em demora sem fim.

Ali começou a etapa crítica do desalento. Todos nos olhávamos com a interrogante desesperança de costume. No começo, ainda perguntávamos: "Sabem de alguma coisa?". Logo, optamos por dizer: "E?", e terminamos finalmente por fazer a pergunta com as sobrancelhas. Ninguém sabia de nada. Quando alguém sabia de alguma coisa, era que o orçamento ainda estava em estudo na Secretaria.

Oito meses depois da primeira notícia, já fazia dois que a minha caneta não funcionava. O Primeiro Auxiliar tinha quebrado uma costela graças à bicicleta. Um judeu era o atual proprietário dos livros que o Segundo Auxiliar tinha comprado. O relógio do Primeiro Oficial atrasava quinze minutos por dia. Os sapatos do Chefe tinham passado por duas meias solas (uma costurada, outra pregada), e o sobretudo do Segundo Oficial tinha as lapelas gastas e arrebitadas como duas asinhas.

Uma vez soubemos que o Ministro tinha perguntado pelo orçamento. Na próxima semana, informou a Secretaria. Nós queríamos saber o que dizia o informe, mas o tio não pôde averiguar porque era "estritamente confidencial". Para nós, isso era claramente uma estupidez, porque tratávamos todos aqueles processos que traziam um cartão no ângulo superior com legendas como "muito urgente", "trâmite preferencial", ou "estritamente reservado", exatamente da mesma forma que os outros. Mas, pelo visto, no Ministério não eram da mesma opinião. Outra vez soubemos que o Ministro havia falado do orçamento com o Secretário. Como não se colocava nenhum cartão especial nas conversações, o tio pôde inteirar-se e nos inteirar de que o Ministro estava de acordo. Com o quê e com quem estava de acordo? Quando o tio quis averiguar isso, o Ministro já não estava de acordo. Então, sem outra explicação, deduzimos que antes ele estava de acordo conosco.

Outra vez soubemos que o orçamento tinha sido modificado. Iam tratar disso na sessão da próxima sexta-feira, mas, nas catorze sextas-feiras que seguiram a essa próxima, não se tratou do orçamento. Então, começamos a vigiar as datas das próximas sessões e, a cada sábado, dizíamos: "Bem, agora vai ser até sexta. Então, veremos o que acontece". Chegava a sexta e não acontecia nada. E no sábado dizíamos: "Bem, vai ser até sexta. Veremos então o que acontece". E não acontecia nada. E nunca acontecia nada de nada.

Eu já estava endividado demais para permanecer impassível, porque a caneta tinha deteriorado meu ritmo econômico e desde então eu não conseguira recuperar meu equilíbrio. Por isso me ocorreu que podíamos visitar o Ministro.

Durante várias tardes, ensaiamos a entrevista. O Primeiro Oficial fazia as vezes de Ministro, e o Chefe, que fora escolhido por aclamação para falar em nome de todos, apresentava nosso pleito. Quando nos sentimos preparados, pedimos audiência no Ministério, que nos foi concedida para a quinta-feira. Na quinta, portanto, deixamos na repartição uma das datilógrafas e o porteiro, e fomos todos os demais conversar com o Ministro. Conversar com o Ministro não é o mesmo que conversar com outra pessoa. Para conversar com o Ministro, é preciso esperar duas horas e meia e, às vezes, ocorre, como aconteceu conosco, que nem ao cabo dessas duas horas e meia se pode conversar com o Ministro. Só chegamos à presença do Secretário, o qual anotou as palavras do Chefe – muito inferiores às do pior dos ensaios, nos quais ninguém tartamudeava – e depois voltou com a resposta do Ministro de que o nosso orçamento seria tratado na sessão do dia seguinte.

Quando, relativamente satisfeitos, saíamos do Ministério, vimos um carro parar na porta e dele descer o Ministro. Pareceu um pouco estranho que o Secretário tivesse trazido a resposta pessoal do Ministro sem que este estivesse presente. Mas na verdade nos convinha mais confiar um pouco e todos assentimos com satisfação e desafogo quando o Chefe opinou que o Secretário seguramente havia consultado o Ministro por telefone.

No dia seguinte, às cinco da tarde, estávamos bastante nervosos. Cinco da tarde era a hora que nos haviam dado para perguntar. Tínhamos trabalhado muito pouco; estávamos por demais inquietos para que as coisas pudessem ser bem feitas. Ninguém dizia nada. O Chefe nem sequer cantarolava sua ária. Deixamos passar seis minutos de estrita prudência. Finalmente, o Chefe ligou para o número que todos sabíamos de memória, e chamou o Secretário. A conversa durou muito pouco. Entre os vários "Sim", "Ah, sim", "Ah, bom" do Chefe, se escutavam os sons indistintos do outro. Quando o Chefe desligou, todos sabíamos a resposta. Ficamos atentos, apenas para confirmá-la: "Parece que hoje não tiveram tempo. Mas o Ministro disse que o orçamento será tratado sem falta na sessão da próxima sexta-feira".

1949

SÁBADO DE GLORIA

Antes mesmo de acordar, ouvi cair a chuva. Primeiro, pensei que seriam seis e quinze da manhã e devia ir ao escritório, mas tinha deixado na casa de minha mãe os sapatos de borracha e teria que forrar com papel de jornal os outros sapatos, os comuns, porque me deixa transtornado sentir a umidade esfriando meus pés e tornozelos. Depois, achei que era domingo e que podia ficar mais um pouco embaixo das cobertas. Isso – a certeza do feriado – me proporciona sempre um prazer infantil. Saber que posso dispor do tempo como se fosse livre, como se não tivesse que correr duas quadras, quatro em cada seis manhãs, para ganhar do relógio em que sou obrigado a registrar minha chegada. Saber que posso me pôr sério e pensar em temas importantes como a vida, a morte, o futebol e a guerra. Durante a semana não tenho tempo. Quando chego ao escritório me esperam cinquenta ou sessenta demandas que devo transformar em registros contábeis, carimbá-los como "contabilizado na data" e colocar minhas iniciais com tinta verde. Ao meio-dia, já liquidei aproximadamente a metade, e corro quatro quadras para poder me enfiar na plataforma do ônibus. Se não corro essas quadras venho pendurado pra fora e me dá náusea passar tão perto dos bondes elétricos. Na realidade não é náusea mas medo, um medo horroroso.

Isso não significa que eu fique pensando na morte, mas que me dá asco imaginar-me com a cabeça esmagada ou com as tripas de fora em meio a duzentos preocupados curiosos que se inclinarão para me olhar e contar tudo, no dia seguinte, enquanto saboreiam a sobremesa do almoço em família. Um almoço semelhante ao que liquido em vinte e cinco minutos, completamente só, porque Gloria sai para a loja meia hora antes e me deixa tudo pronto em quatro vasilhas sobre o *primus*[2], em fogo baixo. De maneira que só preciso lavar as mãos, tomar a sopa, comer a milanesa, a tortilha e a compota, passar os olhos no jornal e lançar-me outra vez ao ponto do ônibus. Às duas, quando chego, escrituro as vinte ou trinta operações que ficaram pendentes e, às cinco, atendo com o meu caderno de notas à campainha estridente e pontual do vice-presidente, que me dita as cinco ou seis cartas rogatórias que devo entregar, antes das sete, traduzidas para o inglês ou para o alemão.

Duas vezes por semana, Gloria me espera na saída para nos divertirmos e entrarmos em um cinema onde ela chora copiosamente enquanto eu fico amassando o chapéu ou mastigando o programa. Nos outros dias, ela vai visitar sua mãe e eu faço a contabilidade de duas padarias, cujos proprietários – dois galegos e um maiorquino – ganham o suficiente fabricando biscoitos de massa podre, mas ganham ainda mais administrando os hotéis de passagem mais concorridos da zona sul. De modo que quando volto pra casa, ela está dormindo ou – quando voltamos juntos – jantamos e nos deitamos em seguida, cansados como animais. Em pouquíssimas noites nos resta

---

2 Marca registrada que, no Uruguai, tornou-se sinônimo de um tipo de aparelho, a gás ou querosene, usado para cozinhar ou manter a comida quente. (N.T.)

energia para o consumo conjugal, e, assim, sem ler um só livro, sem comentar sequer as discussões entre meus companheiros ou as brutalidades do chefe dela, que se autodenomina um "pão de Deus"[3] e a quem elas chamam de pão-duro, algumas vezes sem mesmo nos darmos boa noite, dormimos sem apagar a luz, que ela queria acesa para ler a página policial e eu, a de esportes. Os comentários ficam para um sábado como este. (Porque, na realidade, era um sábado, o final de uma sesta de sábado.) Eu me levanto às três e meia e preparo o chá com leite e o levo para a cama e ela então acorda e revisa a rotina semanal e põe em ordem minhas meias antes de se levantar às quinze pras cinco para escutar a hora do bolero. No entanto, este sábado não fora de comentários, porque na noite anterior, depois do cinema, me excedi nos elogios a Margaret Sullavan e ela, sem titubear, pôs-se a me beliscar e, como eu continuasse insistindo, ela me agrediu com algo bem mais temível e sorrateiro como a descrição simpática de um companheiro de loja, e isso é um golpe baixo, claro, porque a atriz é uma imagem e o fulano, um tipo todo baboso de carne e osso. Por essa estupidez, nos deitamos sem falar e esperamos uma meia hora com a luz apagada para ver se o outro iniciava o trâmite reconciliatório. Eu não via o menor inconveniente em ser o primeiro, como em tantas outras vezes, mas o sono veio antes que terminasse o simulacro de ódio e a paz foi postergada para hoje, para o espaço em branco desta sesta.

Por isso, quando vi que chovia, achei que era melhor assim, porque a inclemência exterior reforçaria automaticamente nossa intimidade e nenhum de nós ia ser idiota o bastante para atravessar de tromba e em silêncio uma tarde chuvosa de sábado, que, necessariamente, teríamos que

---

[3] No original, "*pan de Diós*", expressão que designa uma pessoa muito boa, sempre disposta a ajudar. (N.T.)

compartilhar em um apartamento de dois cômodos, onde a solidão virtualmente não existe e tudo se reduz a viver frente a frente. Ela acordou se queixando de dores, mas eu não levei muito a sério. Ela sempre se queixa ao acordar. Mas quando ela despertou de vez e olhei em seu rosto, notei que ela estava mal de verdade, com o sofrimento expresso nas olheiras. Esqueci então que não estávamos nos falando e perguntei o que ela estava sentindo. Sentia dores nas costas. Era uma dor muito forte e ela estava assustada. Disse-lhe que ia chamar a doutora e ela disse que sim, que a chamasse em seguida. Tentava sorrir mas tinha os olhos tão fundos que eu vacilava entre ficar com ela ou ir falar ao telefone. Depois, pensei que se não fosse, iria deixá-la ainda mais assustada e então desci e liguei para a doutora.

Quem atendeu disse que ela não estava em casa. Não sei por que me ocorreu que ele mentia e eu disse que estava enganado, porque a vira entrar. Então, ele me disse para esperar um instante e ao cabo de cinco minutos voltou ao telefone e inventou que eu tinha sorte, porque ela acabara de chegar. Eu disse ótimo e fiz com que ele anotasse o endereço e a urgência.

Quando voltei, Gloria estava com enjoo e a dor tinha aumentado. Eu não sabia o que fazer. Coloquei uma bolsa de água quente e depois uma bolsa de gelo. Nada a acalmava, então lhe dei uma aspirina. Às seis a doutora não tinha chegado e eu estava muito nervoso para conseguir confortar alguém. Contei a ela três ou quatro anedotas que pretendiam ser engraçadas, mas quando ela sorria era com um esgar, o que me dava muita raiva por entender que ela não queria me desanimar. Tomei um copo de leite e nada mais porque sentia uma bola no estômago. Às seis e meia, finalmente, a doutora chegou. Era uma baleia enorme, grande demais para o nosso apartamento. Deu duas ou três risadinhas estimulantes e depois começou a apertar-lhe a barriga. Cravava os dedos e os soltava de um só golpe. Gloria mordia os lábios e dizia que sim, que aqui doía, que ali um pouco mais, e acolá mais ainda. Sempre lhe doía mais. A baleia continuava cravando e soltando os dedos. Quando se endireitou tinha olhos assustados ela também e pediu álcool para se desinfetar. No corredor me disse que era peritonite e que tinha que operar de imediato. Confessei que éramos de uma associação mutualista de saúde e ela me assegurou que ia falar com o cirurgião.

Desci com ela e telefonei para o ponto de táxi e para sua mãe. Subi pela escada porque no sexto andar tinham deixado a porta do elevador aberta. Gloria estava encurvada, feito um novelo e, ainda que tivesse os olhos secos, eu sabia que chorava. Fiz com que ela vestisse meu sobretudo e meu cachecol e isso me fez lembrar de um domingo em que ela se vestiu de calça e botas, e nós rimos de seu traseiro saliente, de suas cadeiras pouco masculinas.

Mas agora ela com minha roupa era apenas uma paródia daquela tarde e tínhamos que sair em seguida e não pensar. Quando saíamos chegou sua mãe e disse pobrezinha e se agasalhe, por Deus. Então ela pareceu compreender que tinha que ser forte e se resignou a essa fortaleza. No táxi, fez uns tantos gracejos sobre a licença obrigatória que lhe dariam na loja e que eu não teria meias para segunda-feira e perguntou à mãe, um verdadeiro manancial no assunto, se ela não achava que aquilo tudo era um capítulo de radionovela. Eu sabia que cada vez a dor era mais forte e ela sabia que eu sabia e se apertava contra mim.

Quando descemos no hospital ela não teve outro remédio senão queixar-se. Nós a deixamos em uma saleta e logo chegou o cirurgião. Era um homem alto de olhar distraído e bondoso. Trazia o avental desabotoado e bastante sujo. Ordenou que saíssemos e fechou a porta. A mãe sentou-se em uma cadeira baixa e chorava cada vez mais. Eu fiquei olhando a rua; agora, não chovia. Nem sequer tinha o consolo de fumar. Já na época do Liceu eu era o único entre trinta e oito que nunca tinha provado um cigarro. Foi na época do Liceu que conheci Gloria e ela tinha tranças negras e estava ameaçada de não passar em cosmografia. Havia duas maneiras de travar relação com ela. Ou ensinando cosmografia ou aprendendo juntos. Esta última era a mais apropriada e, claro, ambos fomos reprovados. Então o médico saiu e me perguntou se eu era o irmão ou o marido. Eu disse o marido e ele tossiu como um asmático. "Não é peritonite", disse, "a doutora é uma burra". "Ah." "É outra coisa. Amanhã saberemos melhor." Amanhã. Quer dizer que "Saberemos melhor se passar esta noite. Se a operássemos, seria o fim. É bastante grave, mas se passar de hoje creio que se salva". Agradeci – não sei o que lhe agradeci – e ele acrescentou: "O regulamento não permite, mas esta noite pode acompanhá-la".

Primeiro passou uma enfermeira com meu sobretudo e meu cachecol. Depois passou ela em uma maca, com os olhos fechados, inconsciente.

Às oito pude entrar em uma saleta individual onde haviam colocado Gloria. Além da cama, tinha uma cadeira e uma mesa. Montei sobre a cadeira e apoiei os cotovelos sobre o respaldo. Sentia uma dor nervosa nas pálpebras, como se tivesse os olhos excessivamente abertos. Não conseguia deixar de olhá-la. O lençol continuava na palidez do seu rosto e a fronte estava brilhante, cerosa. Era uma delícia senti-la respirar, mesmo com os olhos cerrados. Me dava a ilusão de que não falava comigo só porque eu gostava de Margaret Sullavan, de que eu não falava com ela porque seu companheiro era simpático. Mas, no fundo, eu sabia a verdade e me sentia em suspenso, como se essa insônia forçada fosse uma lamentável irrealidade que me exigia esta tensão momentânea, uma tensão que de um momento pra outro ia terminar.

A cada eternidade, um relógio soava ao longe e tinha se passado somente uma hora. Uma vez me levantei e saí para o corredor e caminhei uns passos. Veio um tipo ao meu encontro mordendo um cigarro e me perguntando com um rosto expressivo e radiante: "Quer dizer que você também está esperando?". Eu disse que sim, que também esperava. "É o primeiro", acrescentou, "parece que dá trabalho". Então senti que fraquejava e entrei outra vez na saleta e voltei a montar do mesmo jeito na cadeira. Comecei a contar os ladrilhos e a jogar jogos de superstição, fazendo trapaças. Calculava a olho o número de ladrilhos que havia em uma fileira e me dizia que se fosse ímpar ela se salvaria. E era ímpar. Também se salvaria se soassem as batidas do relógio antes de contar até dez. E o relógio soava quando estava em cinco ou seis. De repente, me peguei pensando: "se passa de hoje..." e entrei em pânico. Era preciso assegurar o futuro, imaginá-lo a qualquer custo. Era preciso fabricar um futuro para arrancá-la dessa morte prematura. E me pus a pensar que, aproveitando a licença de Gloria, iríamos a Floresta, que no domingo que vem – porque era necessário criar um futuro bem próximo – iríamos jantar com meu irmão e sua mulher, e riríamos com eles do susto da minha sogra, que eu tornaria pública minha ruptura formal com Margaret Sullavan, que Gloria e eu teríamos um filho, dois filhos, quatro filhos e que a cada um eu me poria a esperar impaciente no corredor.

Então entrou uma enfermeira e me fez sair para dar-lhe uma injeção. Depois voltei e continuei formulando um futuro fácil, transparente. Mas ela sacudiu a cabeça, murmurou algo e nada mais. Então todo presente era ela lutando para viver, só ela e eu e a ameaça da morte, só eu agarrado ao movimento de suas narinas que benditamente se abriam e se fechavam, só esta saleta e o relógio soando.

Então puxei minha caderneta e comecei a escrever isso, pensando em ler para ela quando estivéssemos outra vez em casa, em ler para mim mesmo quando estivéssemos outra vez em casa. Outra vez em casa. Como soava bem. E no entanto parecia longe, tão longe como a primeira mulher quando se tem onze anos, como o reumatismo quando se tem vinte, como a morte quando era apenas ontem. De repente me distraí e pensei nas partidas de hoje, se tinham sido suspensas por causa da chuva, no juiz inglês que estreava no estádio, nos livros contábeis que escriturei esta manhã. Mas quando ela voltou a penetrar meus olhos com a fronte brilhante e cerosa, com a boca seca mastigando sua febre, me senti profundamente alheio a este sábado que teria sido o meu.

Eram onze e meia e me lembrei de Deus, da minha antiga esperança de que porventura existisse. Não quis rezar, por estrita honradez. A gente reza diante daquilo em que verdadeiramente crê. Eu não consigo crer verdadeiramente nele. Só tenho a esperança de que exista. Depois me dei conta de que não rezava só para ver se a minha honradez o comovia. E então rezei. Uma oração devastadora, cheia de escrúpulos, brutal, uma oração para não deixar dúvidas de que eu não queria nem o podia adular, uma oração à mão armada. Escutava meu próprio balbucio mental, mas o único som era a respiração de Gloria, difícil, penosa. Outra eternidade e soaram as doze. Se passar de hoje. E havia passado. Definitivamente havia passado e continuava respirando e eu adormeci. Não sonhei nada.

Alguém me sacudiu o braço e eram quatro e dez. Ela não estava. Então o médico entrou e perguntou à enfermeira se ela tinha me dito. Eu gritei que sim, que tinha me dito – ainda que não fosse verdade – e que ele era um animal, um estúpido ainda mais estúpido que a doutora, porque dissera que se passasse de hoje e no entanto. Gritei com ele, creio até que cuspi nele, frenético, e ele me olhava bondoso, odiosamente compreensivo, e eu sabia que não tinha razão porque o culpado era eu mesmo por ter dormido, por tê-la deixado sem meu único olhar, sem seu futuro imaginado por mim, sem minha oração contundente, castigada.

E então pedi que me dissessem onde podia vê-la. Me movia uma insípida curiosidade por vê-la desaparecer, levando consigo todos os meus filhos, todos os meus feriados, toda minha apática ternura a Deus.

1950

Inocência

Já é muito ter chegado à cornija e ver a rua, lá embaixo, sem perder a cabeça. Ao longe, tem um homem que fuma junto ao farol e de tanto em tanto tira o chapéu para esfregar a nuca. Às vezes cospe pelo canto da boca com o cigarro. De lá pode nos ver, a Jordán e a mim. Se essa maldita passagem chegasse de uma vez. Ainda nos falta alcançar a janela, atravessar o corredor, sair para a cobertura e encontrar a tampa. Verdes nos revelou em confidência solene, com as comissuras dos lábios tremendo de embriaguez e desejo, na noite em que perdemos o exame de física e ficamos até uma hora bebendo no quarto de Brito. Na verdade, Verdes ouviu de Arteaga e este, do único que efetivamente tinha penetrado no duto: o banguela Soler. Mas o banguela morreu em fevereiro e não é possível deixar de lado seu conselho: "Olho na tampa. Do lado de dentro, não dá para abrir".

Somos cinco os que sabemos que no Clube existe essa passagem, de setenta centímetros de largura e quinze metros de comprimento que vai dar nas grades de respiro dos banheiros femininos. Mas ninguém se anima. Só Jordán e eu. Agora o homem que fuma começa a vociferar porque a mulher chegou atrasada. Depois se cala como que para criar o ambiente adequado à bofetada que vence o silêncio e que, surpreendentemente, não vem acompanhada de nenhuma palavra. Então ela toma o braço dele e o leva até a esquina, pisando com força sobre as pedras do calçamento. Finalmente. Avançamos dois metros na cornija, com a boca aberta, ainda sem vertigens, em direção ao esperado. Verdes disse que a janela fica logo depois de virar o ângulo de esquina do prédio, e, efetivamente, Jordán chega a ela. Abaixo, em uma rua interrompida, não passa ninguém. Damos o salto. "Bem", diz Jordán, "o pior já passou". Lembro que estou vestindo a camisa branca, com pequenas baleias brilhantes de alumínio. "Vamos nos sujar", digo. "Não seja maricas", diz Jordán, "vamos nos divertir". Eu acredito nisso, que vamos nos divertir, mas também que vou arruinar a camisa: "Se você diz isso por causa da roupa, não se preocupe", diz Jordán, "não podemos entrar vestidos". "E onde deixamos a roupa?" "Aqui." Disse aqui porque chegamos e está pisando na tampa. Que tem duas argolas, é quadrangular e muito pesada. Ainda não sei se conseguiremos movê-la. Tiramos a roupa e logo nos damos conta de que a noite está fria. Em qualquer outro momento teria achado engraçado ver Jordán de cueca, ali naquela cobertura. Mas, lamentavelmente, não estou achando a menor graça. Me sinto frio e ridículo e tenho medo de que chova e a chuva molhe minhas roupas. Sim, conseguimos levantar a tampa. Jordán é o primeiro a se lançar pela abertura, se estende no túnel e começa a se arrastar. À luz da lua, vejo passar o pescoço, os ombros, a cintura. Vejo passar o traseiro, os joelhos, os pés. E então me decido. As paredes são ásperas e vem pelo duto um vapor quente, desagradável. À medida que avançamos se torna mais quente, mais nauseabundo, mais azedo. Não consigo arrastar-me com rapidez porque bato nos pés de Jordán. Sinto que a cueca escorrega, que algo raspa no meu ombro, mas sigo, sigo porque vamos nos divertir, porque vamos ver como são. Sete ou oito metros depois, o vapor quente e invisível se transforma em névoa iluminada. As grades são essas. Jordán diz: "É ali". Eu repito: "É ali". Parece que falávamos debaixo da terra, em um inferno, Jordán se deteve, porque me choco outra vez com a planta de seus pés. Faço cócegas nele para que não se detenha. Então avança e deixa livre a primeira grade. Nos estabelecemos: eu na primeira, ele na segunda. Mas lá dentro não tem ninguém. Tanto risco, tanta cornija sobre a rua, e agora lá dentro não há nada. Estamos ensopados e eu penso nas roupas. Jordán diz: "Olha". Olho e lá está Carlota, a vice-campeã de pingue-pongue, enrolada em uma toalha. Abre a ducha e prova a água. Tira a toalha e a vemos como é. Jordán diz: "E?". Eu não digo nada. Agora tenho vergonha. Queria vê-las nuas, mas não assim. É melhor imaginar Carlota quando joga pingue-pongue, de bermuda, do que vê-la agora verdadeiramente nua sem os shorts e sem nada. Então, alguém grita ou canta, sei lá. Carlota responde com gritos mais agudos. E outras duas, já despidas, com a toalha nos braços, entram aos saltos. A loira gorda é a mulher de Ayala, a loira magra é Ana Cristina. Sentam-se em um banco largo esperando a outra terminar seu banho. O vapor se mescla com meu suor e se precipita pela minha pele amolecida. As pernas mais bonitas são as de Carlota. "Olha que peitos, chê", diz Jordán. Sim, também os seios. "A bunda, chê", diz Jordán. Sim, também isso. Então, a loira magra se põe a dançar sozinha e a loira gorda a contempla com raiva. Depois se aproxima e dançam juntas. Carlota as olha e diz que parem com isso, que vai chegar Amy e sabem como é. Aquela raposa, diz a mulher de Ayala, mas suspende a dança. Não gosto dela, gosto de Ana Cristina, mas é estúpido que dancem entre elas. Claro que gosto mais ainda de Amy, mas essa não quero nem ver. "Vamos", digo. "Quê?", diz Jordán assombrado, "logo agora?". "Por mim, pode ficar", digo e começo a arrastar-me em direção à saída. Agora sei como são. Isso me toca. Ademais, tenho vergonha, calor e repugnância. Com a mão direita, vou tateando o teto, mas não encontro nada. Não quero acreditar, mas me choco com a parede. Com a parede final. Vou outra vez para a frente mas não encontro nada. Me arrasto para trás, volto para a frente, mas o desespero não me impede de entender que fecharam a tampa. Regresso às grades e chamo: "Jordán". "Ah, voltou", diz ele, satisfeito. "Jordán", repito. Não consigo dizer mais nada, me dá asco vê-lo tão à vontade, olhando como Ana Cristina ensaboa o ombro. "A tampa", digo. Ele me olha distraído, ainda sem entender. "Está fechada, sua besta!" Nos insultamos com sussurros ásperos e na primeira pausa descobrimos o medo. Agora, Jordán tem os olhos angustiados, e a boca entreaberta. Ficou perdido, eu sei que ficou perdido. "Mas, quem a fechou?", balbucia. A mim não importa quem a fechou. Olho através das grades e lá está a mulher de Ayala lavando o pescoço. Os seios estão caídos e são polpas flácidas, sovadas. Os mamilos pendentes como ameixas pretas. E pensar que havíamos caído por isso. E é pouca coisa, é uma coisa horrível, abominável. "Me deixe passar", diz Jordán. O medo o deformou. Parece um macaco vicioso, enlouquecido. "Não, vou eu na frente." Não quero dar passagem, é muito estreito. Então me arrasto e ele me segue. Claro, a tampa está fechada. Jordán não diz nada e volta às grades. Outra vez deslizo seguindo seus pés. Sinto os joelhos tremerem, mas Jordán está muito pior. Está completamente perdido, eu sei que está perdido. Chora convulsivamente com sua cara de macaco e eu não consigo me derreter de pena. Mas me derreto de suor e de medo. "Vamos gritar", diz. Então sei que não vamos gritar, que a solução tem que ser outra. "Não", digo. Nada mais. Não sei de onde vêm esses passos. Jordán se cala e nos olhamos em silêncio, cada vez mais furiosos e decididos. Os passos são de Amy. Mas não quero vê-la. Não quero vê-la assim. Claro, ela não sabe, abre a torneira, acaricia as pernas. Sei que Jordán não vai esperar, sei que vai gritar. Me parece impossível mas chego à sua boca. É espantoso, é enlouquecedor lutar aqui, com meus dedos de medo na sua garganta macia. Sim, ele perdera. Eu já sabia disso. Então sua cara de macaco se abranda, e ele volta a ser Jordán, Jordán de quinze anos, Jordán morto.

E eu que não sei mais nada e Amy está na ducha e eu não posso gritar. Porque não quero admitir sua presença, senti--la inerme, sozinha, pura até o insuportável. Mas sou um idiota e me castigo. Minha boca se abre dócil para lançar um grito. Um bramido atroz, irresistível. Porque sou um idiota e me castigo, e Amy, enrubescida e úmida, se assusta, cai em si, se sente humilhada, e foge, enquanto eu grito o grito de Jordán.

1951

A GUERRA E A PAZ

Quando abri a porta do escritório, vi as janelas abertas como sempre e a máquina de escrever destampada e apesar disso perguntei: "O que está acontecendo?". Meu pai tinha um ar autoritário mas diferente daquele das minhas notas baixas. Minha mãe era assaltada por espasmos de cólera que faziam dela uma coisa inútil. Me aproximei da biblioteca e me atirei sobre a poltrona verde. Estava desorientado, mas ao mesmo tempo me sentia misteriosamente atraído pelo que havia de menos admirável naquele ambiente. Não me responderam, em vez disso continuaram deblaterando. As respostas, que nem precisavam do estímulo de perguntas para saltar e ferir, estalavam na frente dos meus olhos, junto aos meus ouvidos. Eu era um correspondente de guerra. Ela estava dizendo a ele o quanto a enojava a figura ausente da Outra. Não importava que fosse tão porco a ponto de se envolver com aquela prostituta, ou que se esquecesse do seu ineficiente casamento, do decorativo, imprescindível ritual de família. Não era exatamente isso, mas a desfaçatez de ostentar em público, do passeio de braços dados pelo Jardim Botânico, das idas ao cinema, às confeitarias. Tudo para que Amélia, claro, se desse o direito de aconselhá-la com aquele ar de falsa piedade (justo ela, aquela boa bisca) a respeito dos limites de algumas liberdades. Tudo para que o irmão dela tivesse momentos de desfrute ao lhe recordar seus antigos conselhos pré-matrimoniais (justo ele, aquele cornudo) sobre a completa falta de dignidade de meu pai. A essa altura o tema tinha ganhado em precisão e eu mais ou menos sabia o que se passava. Minha adolescência se sentiu acometida por uma leve sensação de estorvo e pensei em me levantar. Acho até que tinha começado a abandonar a poltrona. Mas, sem me olhar, meu pai disse: "Você fica aí". Claro, fiquei. Mais sumido do que nunca na poltrona verde. Olhando para a direita chegava a distinguir a pluma do chapéu materno. Para a esquerda a grande testa e a calva paternas. Essas se enrugavam e alisavam alternadamente, empalideciam e enrubesciam conforme a violência da resposta, outra resposta só, sem pergunta. Que não fosse hipócrita. Que se ele não tinha protestado quando ela trocava galanteios com Ricardo, não era por ser cornudo mas por ser discreto, porque no fundo a instituição matrimonial está acima de tudo e é preciso saber engolir as mágoas e cultivar a tolerância para que ela sobreviva. Minha mãe respondeu que não dissesse tolices, que ele bem sabia de onde vinha a tal tolerância. De onde, perguntou meu pai. Da sua ignorância, disse ela; claro, ele acreditava que ela só coqueteava com Ricardo quando na verdade dormia com ele. A pluma balançou com gravidade, porque evidentemente era um golpe tremendo. Mas meu pai deu uma risadinha e a testa se estirou, quase em gozo. Então, ela percebeu que tinha fracassado, que na verdade ele já esperava por essa para se afirmar como superior, que o fato é que ele sempre tinha sabido, e então ela não pôde senão soltar uns soluços histéricos e a pluma desapareceu da zona visível. Lentamente foi se fazendo a paz. Ele disse que, agora sim, aprovava o divórcio. Ela, que não. Sua religião não permitia. Preferia a separação amigável, extraoficial, de corpos e de bens. Meu pai disse que havia outras coisas que a religião não permitia, mas acabou cedendo. Não se falou mais de Ricardo nem da Outra. Só de corpos e de bens. Em especial, de bens. Minha mãe disse que preferia a casa do Prado. Meu pai estava de acordo: ele também a preferia. A mim, me agrada mais a casa de Pocitos. Qualquer um gosta mais da casa de Pocitos. Mas o que eles queriam eram os gritos, a oportunidade do insulto. Em vinte minutos a casa do Prado mudou de mãos seis ou sete vezes. No final prevaleceu a escolha de minha mãe. Automaticamente a casa de Pocitos passou para o meu pai. Então entraram em jogo os automóveis. Ele preferia o Chrysler. Naturalmente, ela também. Também aqui minha mãe ganhou. Mas ele não pareceu afetado por isso; era apenas uma derrota tática. Retomaram a discussão por causa da chácara, das ações de Melisa, dos títulos hipotecários, do depósito de lenha. O crepúsculo já invadia o estúdio. A pluma da minha mãe, que havia reaparecido, era somente uma silhueta contra a grande janela. A calva paterna já não brilhava. As vozes se enfrentavam, roucas, cansadas de trocar golpes; os insultos, as recordações ofensivas, recrudesciam sem paixão, como se estivessem seguindo um roteiro imposto por estranhos. Só restavam números, contas no ar, ordens a dar. Ambos voltaram a si, esgotados de verdade, quase sorridentes. Agora eu os via de corpo inteiro. Eles também me viram, feito uma coisa morta na poltrona. Então admitiram minha esquecida presença e meu pai murmurou, sem maior entusiasmo: "Ah, esse também fica." Mas eu estava imóvel, alheio, sem desejo, como todos os outros bens do casal.

1951

PONTA ESQUERDA

PARA CARLOS REAL DE AZÚA

Você sabe as coisas que armam em qualquer cancha que fique pra lá de Propios. E se não sabe, é só se lembrar do campinho do Astral, lá onde mataram a velha Ulpiana. Tantos anos torcendo do alambrado e, tremendo azar, justo naquela tarde ela não pôde correr por causa de uma unha encravada. E se não, é só se lembrar daquela canchinha xexelenta, acho que era a de Torricelli, quando desmontaram o esqueleto do pobre Cabeza, um crioulo da pesada, cheio de ginga, que nesse dia deu-lhe a louca de cuspir quando eles passavam com a bandeira. E se não, é só se lembrar dos juniores de Cuchilla Grande, que mandaram pro hospital o beque direito do Catamarca e tudo porque tinham feito justo pra cima do capitão deles a jogada mais humilhante da tarde. Não que eu me arrependa – sabe? – de estar aqui no hospital, isso pode dizer com todas as letras pra turma do Wilson. Mas é que pra eu conseguir ir além de Propios, as coisas têm que ficar muito claras. O que você acha de ter ganhado aquela final contra o Corrales, jogando nada menos que nove contra onze? Já faz dois anos e parece que eu estou vendo o Pampa, que ainda não tinha cometido aquele afano, mas já estava germinando, correr pela ponta e disparar o centro, justo aos quarenta e quatro do segundo tempo, e eu vejo a redonda vindo e enfio tão no ângulo que o goleirinho não conseguiu nem chegar nela e aí ficou caído de pernas abertas, fazendo cena, porque sabia que os caras do Progresso estavam de olho nele. O que você acha de eu ter aguentado até o final na cancha do Deportivo Yi, onde eles tinham o juiz, os bandeirinhas, e uma torcida piolhenta que te cuspia até na prorrogação, e isso quando não vinham pra cima gritando "Yi! Yi! Yi!" como se estivessem chorando, mas esfregando de passagem o punho na nossa fuça? E a gente se fingindo de morto porque senão te cobriam de porrada. O que eu digo é que desse jeito a gente não vai pra frente. Ou somos *amater* ou profissional. E se somos profissional, que venha o pão nosso. Aqui não é o Estádio, com proteção policial e com aqueles fiteiros que caem rolando na área sem que ninguém tenha tocado neles. Aqui se te fazem um pênalti, você não acorda antes de quinta-feira, no mínimo. Até aí, tudo bem. Mas não dá pra querer que te matem e depois nem se lembrem de você. Eu sei que todo mundo acha que eu mandei mal e não preciso que você me venha com essa cara de *Rosigna e Moretti*[4]. Mas nem você nem dom Amilcar entendem nem nunca vão entender o que acontece. Claro, pra vocês é fácil ver a coisa do alambrado. Mas tem que estar ali no campo, ali a gente esquece tudo, das instruções do treinador e do algum que te pagou um mafioso qualquer. Uma coisa vem lá de dentro e você tem que seguir com a pelota. Você vê o brutamontes vindo com cara de carniceiro e ainda assim não consegue largar. Tem que driblá-lo, tem que passar por ele sempre, como se estivessem te dirigindo por controle remoto. Se eu te digo que sabia que isso não ia dar certo, mas aí que dom Amilcar começa a insistir e a ir me buscar todo dia na fábrica. Que eu era um ponta esquerda de quali-

4 Anarquistas argentinos que atuaram no Uruguai. (N.T.)

dades, que era uma pena que eu ganhasse tão pouco, e que quando a gente perdesse a final ele ia negociar meu passe para o Everton. Agora calcula o que representa ir para o Everton, onde, além de dom Amilcar, que no fim das contas não passa de um cafetão de putas pobres, está nada menos que o doutor Urrutia, que esse sim é diretor de estatal e já colocou no Talleres o médio-volante deles. É especialmente por causa da velha, sabe, outra segurança, porque na fábrica já estou vendo que na próxima greve me deixam com duas mãos pra trás e uma pra frente. E foi pensando nisso que eu fui ao Café Indústria para falar com dom Amilcar. Te asseguro que me falou como um pai, pensando, claro, que eu não ia aceitar. Me dava vontade de rir de tanta delicadeza. Que se a gente ganhasse ia subir um clube muito desobediente, te juro que disse desobediente, e isso não convinha aos sagrados interesses do desporte nacional. Que em troca o Everton fazia dois anos que ganhava o prêmio de correção desportiva e era justo que subisse outro degrau. Na dúvida, fica atento, pensei com meus botões. Então disse a ele que o assunto era grave e o tipo soube com quem estava tratando. Me olhou que parecia uma lupa e eu não arredei pé e repeti que o assunto era grave. Aí não teve outro remédio senão rir e deu uma bruta guinada e que era uma barbaridade que uma inteligência como eu trabalhasse como uma besta naquela fábrica. Eu pensei abriu a guarda e entrei de leve com Urrutia e a Estatal. Depois, pra deixar ele nervoso, disse que a gente também tem sua condição social. Mas o homem se deu conta de que eu estava macio e desembuchou as cifras. Erro *grasso*. Ali mesmo lhe arranquei sessenta. O combinado era esse: todos sabiam que eu era o homem gol, então os passes viriam só pra mim, que era o cara. Eu tinha que fintar dois ou três e chutar pra fora ou me jogar e ficar socando a terra, me fingindo de puto. O tipo dizia que ninguém ia notar que eu estava jogando pros inimigos. Disse que também iam dar um toque no Murias, porque era um cara bacana e não ia levar a mal. Perguntei como quem não quer nada se Murias também ia pro Talleres e ele respondeu que não, que aquele lugar era inteiramente meu. Mas depois na cancha o que Murias fez foi uma vergonha. O crioulo nem fez de conta; se atirava como uma mula e sempre deixavam ele no chão. Aos vinte e oito minutos já estava expulso porque num *corner* acertou o médio-volante deles com uma cotovelada no fígado. Eu via de longe se atirando de pau a pau o nosso guarda-meta Valverde que é um desses idiotas metidos que rechaçam qualquer oferta como a da gente, e juro pela velha que é um trouxa de um *amater*, porque até a mulher, que é uma safadinha, lhe mete cornos por toda a testa. Mas o negócio é que o cara se arrebentava e se atirava aos pés de ninguém menos que Badanian, aquele armênio com patada de burro que faz três anos quase mata com um tiro livre o goleiro do Cardona. Acontece que aquilo pega e mexe com a gente por dentro e você continua a enganar e a dar dribles na linha de *corner* como qualquer Mandrake e não pode ser que com dois homens a menos (porque também expulsaram o Tito, mas por violento) a gente deixasse de subir de divisão. Duas ou três vezes deixei que me roubassem a bola, mas, sabe como é, me dava uma dor bárbara porque o grosso que me marcava era pior que tomar água suando e os outros iam pensar que eu tinha diminuído meu padrão de jogo. Ali o treinador me mandou voltar pra ajudar a defesa e eu pensei que isso vinha a calhar porque jogando atrás eu já não era o homem gol e não se notaria tanto se eu chutasse como uma macaca. Com tudo isso ainda mandei dois chutaços que passaram raspando o pau e estava ficando bem com todos. Mas quando corri e passei a pelota para o Silveira com seu nariz achatado pra que ele entrasse e aquele tarado me devolveu, pra mim sozinho, não tive outro remédio a não ser cair, porque se não, ia ser muito grotesco não enfiar no gol. Então, enquanto eu fazia que estava ajeitando as chuteiras, o treinador gritou pro Titaruffo[5] aqui "Que é que

5 Antigo craque do futebol uruguaio. (N.T.)

você tem na cabeça? Meleca?". Isso, te juro, me tocou aqui dentro, porque eu não tenho meleca, é só perguntar pro dom Amilcar, ele sempre disse que eu sou um ponta inteligente porque jogo de cabeça levantada. Então, não vi mais nada, o calabrês me subiu à cabeça e eu queria mostrar praquele tipo que eu quando quero sei arrematar e me livrei de quatro ou cinco e quando fiquei frente a frente com o goleiro mandei uma sapatada que *bogliodire* e o tipo ficou que nem um sapinho, mas exclusivamente sobre quatro patas. Olhei para o treinador e vi ele sorrindo como um anúncio de Rider e só aí me dei conta de que tinha me enterrado até o ovário. Os outros me abraçavam e gritavam: "Pau neles!" e eu não queria dirigir a vista pra onde estava dom Amilcar com o doutor Urrutia, ou seja justo na bandeirinha do meu *corner*, mas em seguida começou a chegar uma penca de xingamentos, nos quais reconheci o tom meio-soprano do delegado e a rouquidão amarga da minha fonte de recursos. Aí, a partida se transformou em uma batalha porque entrou a torcida deles e encheram a cara de mais de quatro. Em mim não tocaram porque me guardaram para sobremesa. Depois quis recuperar pontos e passei a ajudar a defesa, mas não marcava ninguém e me passavam a pelota entre as pernas como se eu fosse um mané qualquer. Mas o goleiro estava no dia dele e mandava pra escanteio bolas impossíveis. Numa dessas, dei uma furada e meti um efeito contra e aquela besta pegou com uma mão só. Olhei pro dom Amilcar e pro delegado pra ver se se davam conta que contra o destino não dá, mas dom Amilcar já não estava e o doutor Urrutia continuava mexendo os lábios como um bagre. Vai daí que terminou um a zero e a moçada me carregou nos ombros porque eu tinha feito o gol da vitória e ainda por cima a gente ia pro topo da tabela. Os jornalistas escreveram que o meu gol, aquele chutaço magnífico, tinha dado o mais rotundo desmentido aos infames boatos que circulavam. Eu nem sequer tomei um chuveiro porque queria contar para a velha que a gente estava subindo pra divisão intermediária. De forma que saí todo suado com a camiseta que era um mar de lágrimas, em direção ao primeiro telefone. Mas ali mesmo me agarraram pelo braço e, pelo relógio de ouro, saquei que se tratava da bruta mãozona de dom Amilcar. Te juro que cheguei a pensar que ia me cumprimentar pela vitória, mas não tem jeito, esses tipos não sabem perder. Eu passo o jogo todo furando e chutando pra fora ou seja pondo em jogo o meu prestígio e isso não vale nada. Aí, eu fico mordido e tenho que fazer aquele gol, e isso está errado. Mas e o outro, o que eu perdi? Pra mim, tinha merecido ali os sessenta que eu recebi adiantado, de modo que dando uma de galo perguntei com grande serenidade e de cima se ele tinha falado com o delegado sobre o meu lugar no Talleres. O tipo nem se tocou e quase sem mexer os lábios porque tinha mais gente por perto foi me dizendo podre, ridículo, velhaco, vai foder Gardel, e outros xingamentos que eu nem falo por respeito à enfermeira que me cuida como uma mãe. Viramos a esquina e lá estava o delegado. Eu como um cavalheiro perguntei pela patroa, e o tipo, nem aí, despejou em outra ordem a mesma enfiada de galanteios, acrescentando os de pata suja, maricas e frangote. Eu pensei te esconjuro, mas aí veio o primeiro bofetão que me deu o Piranha, que surgiu do nada como uma Fênix, e atrás dele reconheci o Galego e o Chicle, todos eles fantoches do Urrutia, o qual em nenhum momento sujou as mãos e só mordia uma piteira muito da fresca, dessas de contrabando. A segunda porrada quem me presenteou foi o Canilla, mas a partir da terceira perdi a ordem cronológica e continuaram me batendo até as *calandras gregas*. Quando eu quis entender a situação, já estava meio morto. Aí me deixaram feito um bagaço e com um olho só vi eles se afastarem pela sombra. Deus nos livre e os guarde, pensei com certa amargura e gosto de sangue na boca. Olhei para a direita e para a esquerda em busca de S.O.S., mas aquilo era o deserto de *Zárate*. Tive que me arrastar mais ou menos até o bar de Seoane, onde o coxo me acomodou em um caminhão e me trouxe sozinho ao hospital. E aqui me tens. Te vejo com este olho, mas vou ver se consigo abrir o outro. Difícil, disse Cañete. A enfermeira, que me trata como ao Rei *Faru* e que tem, como já terás notado, uma tremenda *plataforma eleitoral*, disse que é coisa para um semestre. Por agora não está mal porque ela me levanta para me lavar certas ocasiões e eu vou desfrutando com vistas ao futuro. Mas a coisa vai ser depois; o período de licenças já se acaba, resumindo, que eu estou com a corda no pescoço. Na fábrica já disseram para a velha que eu nem sonhe que eles vão me esperar. Quer dizer, eu não vou ter outro remédio do que abaixar o cangote e ir falar em pessoa com aquele idiota do Urrutia, pra ver se ele me dá o lugar no Talleres como me tinham prometido.

1954

AQUELA BOCA

Seu entusiasmo pelo circo vinha se arrastando há algum tempo. Dois meses, quem sabe. Mas quando sete anos são toda a vida e ainda se vê o mundo dos maiores como uma multidão através de um vidro esmerilado, então dois meses representam um vasto, insondável processo. Seus irmãos mais velhos já tinham ido duas ou três vezes e imitavam minuciosamente as engraçadas desgraças dos palhaços e as contorções e equilíbrios dos forçudos. Os companheiros de escola também tinham visto o circo e riam com grande espalhafato ao recordar uma pancada, ou aquela pirueta. Só que Carlos não sabia que eram exageros destinados a ele, a ele que não ia ao circo porque o pai o achava facilmente impressionável e que podia se comover demais diante do risco inútil que corriam os trapezistas. Nem por isso Carlos deixava de sentir algo parecido a uma dor no peito sempre que pensava nos palhaços. Cada dia ficava mais difícil para ele suportar essa curiosidade.

Então preparou a frase e no momento oportuno soltou-a para o pai: "Será que não existe um jeito de eu ir uma vez ao circo?". Aos sete anos, toda frase longa é cativante e o pai se viu obrigado primeiro a sorrir e logo em seguida a explicar-se: "Não quero que você veja os trapezistas". Quando ouviu isso, Carlos sentiu-se verdadeiramente a salvo, porque ele não tinha nenhum interesse pelos trapezistas. "E se eu saísse antes de começar esse número?" "Bem", respondeu o pai, "assim, sim". A mãe comprou duas entradas e o levou no sábado à noite. Apareceu uma mulher com malha vermelha que se equilibrava sobre um cavalo branco. Ele esperava pelos palhaços. Aplaudiram. Depois, saíram alguns macacos que andavam de bicicleta, mas ele esperava pelos palhaços. Outra vez aplaudiram e apareceu um malabarista. Carlos olhava com os olhos muito abertos, mas de repente se viu bocejando. Aplaudiram de novo e apareceram – agora, sim – os palhaços. Seu interesse chegou ao máximo de tensão. Eram quatro, dois deles anões. Um dos grandes deu uma cambalhota, como aquelas que seu irmão maior imitava. Um anão se meteu entre suas pernas e o palhaço grande pegou sonoramente no seu traseiro. Quase todos os espectadores gargalhavam e alguns garotos já festejavam o gesto cômico antes mesmo que o palhaço o fizesse. Os dois anões se entrelaçaram na milésima versão de uma peleja absurda, enquanto o menos divertido dos outros incentivava para que se pegassem. Então o segundo palhaço grande, que era sem dúvida nenhuma o mais cômico, se aproximou da borda do picadeiro, e Carlos se viu junto a ele, tão perto que pôde distinguir a boca cansada do homem debaixo do riso pintado e fixo do palhaço. Por um instante, o pobre diabo viu aquela carinha assombrada e lhe sorriu, de modo imperceptível, com seus lábios verdadeiros. Mas os outros três tinham terminado e o palhaço mais cômico uniu-se aos demais nas cacetadas e saltos finais e todos aplaudiram, inclusive a mãe de Carlos.

    E como depois viriam os trapezistas, de acordo com o combinado a mãe o pegou pelo braço e saíram para a rua.

Agora, sim, tinha visto o circo, como seus irmãos e os colegas de escola. Sentia o peito vazio e não lhe importava o que ia dizer amanhã. Eram lá pelas onze da noite, mas a mãe suspeitou de alguma coisa e o colocou na zona de luz de uma vitrine. Devagarinho, como se não acreditasse, ela passou a mão pelos seus olhos, e depois perguntou se ele estava chorando. Ele não disse nada. "É por causa dos trapezistas? Você tinha muita vontade de vê-los?" Aquilo já era demais. A ele não interessavam os trapezistas. Só para acabar com o mal-entendido, explicou que chorava porque os palhaços não o faziam rir.

1955

Intuição

Apertei duas vezes a campainha e em seguida tive a certeza de que ia ficar. Herdei de meu pai, que descanse em paz, essas intuições. A porta tinha uma grande barra de bronze e pensei como ia ser duro deixá-la com brilho. Depois abriram e me atendeu a ex, a que se ia. Tinha cara de cavalo e touca e avental. "Venho pelo anúncio", eu disse. "Já sei disso", ela grunhiu e me deixou no saguão, olhando os ladrilhos. Estudei as paredes e os frisos inferiores, o lustre de oito lâmpadas e uma espécie de biombo. Depois veio a senhora, impressionante. Sorriu como uma virgem, mas apenas como. "Bom dia." "Seu nome?" "Célia." "Célia de quê?" "Célia Ramos." Me varreu com uma olhada. O vaso de cristal. "Referências?" Disse gaguejando a primeira estrofe: "Família Suárez, Maldonado, 1346, telefone 90948. Família Borrello, Gabriel Pereira 3252, telefone 413723. Escrivão Perrone, Larrañaga 3362, sem telefone". Nenhum gesto. "Motivos de cada saída?" Segunda estrofe, mais tranquila. "No primeiro caso, comida ruim. No segundo, o filho mais velho. No terceiro, trabalho de mula." "Aqui", disse ela, "tem muito o que fazer". "Dá pra imaginar." "Mas tem outra moça, e além disso minha filha e eu ajudamos." "Sim, senhora." Me estudou de novo. Pela primeira vez me dei conta que de tanto em tanto pestanejava. "Idade?" "Dezenove." "Tem namorado?" "Tinha." Ergueu as sobrancelhas. Por via das dúvidas, esclareci: "Um atrevido." Por isso terminamos." A velha sorriu sem se entregar. "É assim que eu gosto. Quero muito juízo. Tenho um filho moço, de modo que nada de sorrisinhos nem de requebros." Muito juízo, minha especialidade. Sim, senhora. "Em casa e fora de casa. Não tolero porcarias. E nada de filhos naturais, certo?" "Sim, senhora." Haja paciência. Depois dos três primeiros dias, me resignei a suportá-la. Contudo, bastava uma olhadinha com seus olhos saltados para me deixar com os nervos à flor da pele. É que o olhar da velha penetrava até as entranhas. Já a filha não, Esterzinha, vinte e quatro anos, uma cocota esnobe[6] que me tratava como se eu fosse um móvel e ficava muito pouco em casa. E menos ainda o patrão, dom Celso, um bagre com lentes, mais calado que cinema mudo, com cara de malandro e roupas de Yriart[7] que eu já peguei olhando meus seios por cima do jornal. Em compensação, o jovem Tito, de vinte, nem precisava da desculpa do jornal *Acción* para me examinar como coisa sua. Juro que obedeci à senhora nisso de não rebolar o traseiro com más intenções. Reconheço que o meu anda um pouco deslocado, mas a verdade é que se move por conta própria. Me disseram que em Buenos Aires tem um médico japonês que dá um jeito nisso mas, por enquanto, não é possível sufocar minha natureza. Ou seja, o fato é que o rapaz se impressionou. Primeiro saltavam-lhe os olhos, depois me atropelava no corredor do fundo. De modo que, por obediência à Senhora, e também, não vou negar, por mim mesma, eu tive que dar um freio nele umas dezessete vezes, mas com cuidado para não parecer muito nojenta. Eu me conheço. Quanto ao trabalho, grande arapuca. "Tem outra moça", dissera a velha. Quer dizer, tinha. Em meados do mês lá estava eu sozinha

---

6 *Pituca de ocai y Rumi*, no original. "Ocai" é uma referência à invasão do americanismo: *Ok*. "Rumi" seria um velho jogo de carteado praticado por grã-finos. (N.T.)
7 Referência ao alfaiate de Buenos Aires Yriart, grife *então* em voga. (N.T.)

para todo o serviço. "Eu e minha filha ajudamos", tinha acrescentado. A sujar os pratos, como não. A quem pode ajudar essa velha, vamos lá, com sua bruta pança de três dobras e ainda enfiada em tudo que é novela de rádio. Que eu gostasse de *Isolina* ou de *Burguês*, vá lá, passa, mas ela, que dá uma de gente fina e lê *Seleções* e *Life* em espanhol, não entendo, e nunca vou entender. A quem pode ajudar a menina Esterzinha, que passa o tempo espremendo cravos, jogando tênis em Carrasco, e esparramando fichas no Parque Hotel. Eu puxei ao meu pai nisso das intuições, de modo que quando em três de junho (foi o bendito São Cono) caiu em minhas mãos essa foto em que Esterzinha está se banhando nuazinha com o mais novo dos Gómez Taibo em não sei que riacho e nem me importa, tratei logo de guardá-la porque nunca se sabe. A quem elas vão ajudar! Todo trabalho para mim e aguenta, escrava. O que tem então de surpreendente que quando Tito (o jovem Tito, bah) se pôs de olhos vidrados e cada dia mais ligeiro com as mãos, eu lhe tenha dado um basta e que falássemos claro? Disse a ele com todas as letras que eu não ia entrar nessa, que o único tesouro que nós, os pobres, temos é a honradez e basta. Ele riu, todo superior, e mal começara a responder: "Você já vai ver, putinha", quando apareceu a senhora e nos olhou como a cadáveres. O idiota baixou os olhos e se enfiou pelas paredes. A velha fez cara de enfim sós e me encaixou um tremendo tapa na orelha enquanto me chamava de comunista e rameira. Eu lhe disse: "A senhora não me pega, sabe?", e ali mesmo ela demonstrou o contrário. Pior para ela. Foi esse segundo golpe que mudou a minha vida. Fechei a boca, mas guardei aquilo. À noite lhe disse que ia embora no fim do mês. Estávamos no dia vinte e três e eu precisava desses sete dias como de pão. Sabia que dom Celso tinha um papel cinza guardado na gaveta do meio da sua escrivaninha. Eu o tinha lido, porque nunca se sabe. No dia vinte e oito, às duas da tarde, só ficamos em casa a menina Esterzinha e eu. Ela foi fazer a sesta e eu fui atrás do papel cinza. Era uma carta de um tal Urquiza em que ele dizia ao meu patrão frases como esta: "Xx xxx x xx xxx xx xxxxx".

Guardei a tal carta em um envelope junto com aquela foto e no dia trinta fui para uma pensão decente e barata da rua Washington. Não dei o novo endereço para ninguém, mas não podia negá-lo a um amigo de Tito. A espera durou três dias. Tito apareceu uma noite e eu o recebi na presença de dona Cata, que dirige a pensão há alguns anos. Ele se desculpou, trouxe bombons e pediu autorização para voltar. Não dei. No que fiz bem porque desde então não faltou uma noite. Fomos frequentemente ao cinema e ele até quis me arrastar ao parque, mas eu apliquei nele o tratamento do pudor. Uma tarde ele quis saber diretamente o que era que eu pretendia. Ali tive uma intuição: "Não pretendo nada, porque aquilo que eu quero não posso pretender".

Como essa foi a primeira coisa amável que ele ouvia dos meus lábios se comoveu bastante, o suficiente para mergulhar de cabeça: "Por quê?", perguntou aos berros, "se esse é o motivo, eu prometo que...". Então, como se ele tivesse dito o que não disse, interrompi: "Você, sim... mas e sua família?". "Minha família sou eu", disse o pobrezinho.

Depois de tal comprometimento continuou vindo e com ele chegavam flores, caramelos, revistas. Mas eu não mudei. E ele sabia disso. Uma tarde entrou tão pálido que até dona Cata fez um comentário. Não era para menos. Tinha contado ao pai. Dom Celso havia respondido: "Era só o que faltava". Mas depois amoleceu. Um homem de boa paz. Esterzinha ficou rindo feito criança, mas pra mim tanto faz. Em compensação a velha ficou verde. A Tito chamou de idiota, a dom Celso, de zero à esquerda, a Esterzinha, de imoral e tarada. Depois, disse que nunca, nunca, nunca. Passou umas três horas dizendo nunca. "Está feito uma louca", disse Tito, "não sei o que fazer". Mas eu sim, sabia. Aos sábados, a velha está sempre só porque dom Celso vai a Punta del Este, Esterzinha joga tênis e Tito sai com sua turma de La Vascongada[8]. De sorte

---

8 Na origem, uma música característica da Espanha. Deu nome a um ponto de encontro e diversão de jovens em Montevidéu. (N.T.)

que às sete eu entrei em uma cabine telefônica e chamei o nove sete zero três oito. "Alô", disse ela. A mesma voz fanhosa, impressionante. Estaria com seu penhoar verde, a cara lambuzada, a toalha como turbante na cabeça. "Aqui quem fala é Célia", e antes que ela desligasse: "Não desligue, senhora, isso lhe interessa". Do outro lado não disseram nem mu. Mas escutavam. Então perguntei se ela sabia de uma carta em papel cinza que dom Celso guardava na escrivaninha. Silêncio. "Bem, é que ela está comigo". Depois perguntei se conhecia uma foto em que a menina Esterzinha aparecia se banhando com o mais novo dos Gómez Taibo. Um minuto de silêncio. "Pois é, também está comigo". Esperei por via das dúvidas, mas nada. Então concluí: "Pense, senhora", e desliguei. Fui eu quem desligou, não ela. Certamente, ela terá ficado mastigando sua raiva com a cara lambuzada e a toalha na cabeça. Bem feito. Na semana seguinte, Tito chegou radiante, e gritou da porta: "A velha cedeu! A velha cedeu!". Claro que cedeu. Quase soltei uns hurras, mas com a emoção deixei que me beijasse. "Ela não se opõe, mas exige que você não apareça naquela casa". Exige? O que a gente tem que ouvir! Bem, no dia vinte e cinco nos casamos (hoje, faz dois meses), sem padre, mas com juiz, na maior intimidade. Dom Celso contribuiu com um chequezinho de mil e Esterzinha mandou um telegrama que – e fica até mal que eu diga – me deu o que pensar: "Não creia que você saiu ganhando. Abraços, Ester".

    Na verdade, tudo isso me veio à lembrança porque ontem encontrei a velha em uma loja. Estivemos cotovelo com cotovelo revolvendo saldos. De cara, me olhou atravessado, por baixo do véu. Eu a encarei de frente. Ela tinha dois caminhos: me ignorar ou me desafiar.

    Creio que preferiu o segundo e para me humilhar tratou-me de senhora. "Como vai a senhora?" Então, tive uma intuição e me agarrando com força ao guarda-chuva de náilon respondi tranquila: "Eu vou bem, e a senhora, mamãe?".

1955

AQUI SE RESPIRA BEM

– Vamos sentar neste? – pergunta o velho.
– Melhor aquele. Tem mais sombra.
Por mais que ninguém o dispute, Gustavo se sente obrigado a correr para assegurar o usufruto do banco. O pai chega depois, sem pressa, com o paletó no braço.
– Respira-se bem neste lugar – diz, e para provar respira fundo, ostensivamente. Em seguida se acomoda, pega a tabaqueira e enrola um cigarro entre as pernas abertas.
Às dez da manhã de uma quarta-feira, o Prado está tranquilo. Tranquilo e deserto. Há momentos tão calmos que o ruído mais próximo é o galope metálico de um bonde de Millán. Um vento cordial faz cabecear dois pinheiros gêmeos e arrasta algumas folhas sobre o gramado ensolarado. Nada mais.
– Quando você volta ao trabalho?
– Amanhã.
O pai umedece o papel do cigarro e sorri para si mesmo, distraído.
– Se você estivesse sempre em casa... como nesses dias...

— Você gostaria de estar mais com o Velho, hein?

Gustavo recebe como um prêmio o tom de camaradagem. Um assomo de ternura o obriga a dizer alguma coisa, qualquer coisa.

— O que você faz na repartição?
— Eu... trabalho.
— Mas trabalha no quê?
— Dou andamento a processos, assino resoluções.

Por um instante, Gustavo imagina seu pai do alto de um púlpito assinando decisões, despachando processos, todos volumosos como a História Sagrada. Mas em seguida acomoda a imagem à sua modesta realidade.

— Então... você é um chefe?
— Claro.

O rapaz inclina o corpo para trás, com as mãos na cintura percorrendo possessivamente o cinto de elástico azul. Frequentemente o Velho lhe dá um presentinho. Adivinha sempre qual é aquela pequena coisa que ele deseja com maior fervor.

— Quando eu passar no exame de admissão, poderia ir trabalhar na sua repartição.

O pai ri, complacente.

— Está louco. Na sua idade não pode. Além do mais, eu quero que você estude.

O Velho olha os pinheiros gêmeos e solta fumaça pelo nariz. Gustavo sabe com absoluta precisão o que se espera dele.

— De que matéria você gosta mais?
— História.

Mentira. Ele gosta de matemática. Mas confessá-lo equivale a seguir arquitetura. Ou engenharia, como fez o irmão de Tito.

— Não tem nenhuma carreira que se baseie em História.
— Por isso mesmo... o melhor será que você me empregue na repartição.

O pai solta uma gargalhada. Evidentemente está encantado com a manobra.

– Sei... sei... História, não é? Como se eu não soubesse que você multiplica e divide como uma maquininha... Gustavo fica vermelho. O elogio não lhe agrada. Ele quer entrar para a repartição, colocar-se ao lado do enorme púlpito do pai, entregar-lhe os processos para que os aprove e passar o mata-borrão sobre a assinatura.

– Não te recomendo a repartição – diz o Velho, que depois de muitas manobras conseguiu cuspir um fiapo de fumo.

Lá no fim da alameda, gingando lentamente, como um pato, apareceu um homem de escuro, um importuno.

– Uma vez mamãe disse que não vale a pena estudar.

– Coitada da sua mãe, está cansada e às vezes não sabe o que diz.

– Mas...

– Você, ao contrário, não está cansado e não me agrada nem um pouco ouvi-lo falar assim.

O pai assumiu um ar sério e Gustavo se sente diminuído. O homem-pato agora está perto e se deteve para observar uma araucária.

– E não poderia ser assim... eu estudar... e além disso... trabalhar com você?

– E não poderia ser... – arremeda o Velho – que você relaxasse? Afinal... só temos oito anos pela frente para pensar nisso.

Gustavo sabe que, como sempre, o pai está certo. Tem a sensação de estar bancando o bobo. Apesar disso, de novo o pai sorri, compreensivo.

Sorri com seus lábios finos e também com seus olhos cinzentos, bondosos.

O homem-pato parou na frente deles.

– Olá – disse.

– Olá – disse o Velho, que ainda não o tinha visto.

– Então... esse é o seu menino?

– Sim.

Evidentemente, o Velho está incomodado. O homem-pato tem olhos mesquinhos. Estende a Gustavo sua mão pegajosa.

– Olha que coincidência... encontrá-lo aqui... Está de licença?
– Sim.
– Eu tinha que fazer umas cobranças por Larrañaga, mas o sol está tão agradável, que eu resolvi cruzar por este lado.
– É verdade, aqui se respira bem – comenta o Velho, para dizer alguma coisa.
Gustavo também não está à vontade. Daria qualquer coisa para que aquele sujeito desaparecesse. Mas não, ele se estabeleceu. Gustavo se fixa nos detalhes. Do bolso do paletó assoma um lenço que um dia tinha sido branco. A calça tem, sobre o joelho, um cerzido grosseiro e evidente.
– E quando você volta?
– Amanhã.
– Bem, então irei vê-lo.
O pai se agita. Joga o cigarro e o esmaga com o sapato. Em seguida faz um gesto inusitado, como que sinalizando para o filho. Gustavo não entende o sinal, mas compreende perfeitamente que o pai está perturbado. O tipo, ao contrário, não vê nada.
– Tenho que levar uma lembrancinha para você... hein...? Para que aquela ordem de pagamento caminhe...
Agora, o pai faz um gesto desesperado.
– Amanhã falamos. Amanhã.
Gustavo sente a cabeça rodar, mas tem uma terrível curiosidade. Uma vez tinha dado um murro raivoso no sardento Farias, só porque ele tinha dito: "Ontem no jantar, meu pai disse que o seu velho é uma boa bisca".
– Se bem me lembro, é uma notinha de cem... é isso mesmo?
– Amanhã falamos. Amanhã.
Gustavo percebe que o pai envelheceu dez anos. Colocou de novo o paletó, juntou as pernas e está dobrado para a frente.
Finalmente, o homem entendeu as indiretas.
-Bem, estou indo. Adeus, amigo.

O Velho não responde. Gustavo apenas toca a mão mole e pegajosa. O homem-pato se afasta, gingando lentamente, desfrutando o sol. Atrás, aparece, pendente, o forro descosido do paletó.

Sem fazer um gesto, o pai se levanta e começa a caminhar na direção oposta. Gustavo sente agora na sua mão a palma seca, rugosa, do Velho.

Às vezes, a mãe zomba dele por ainda gostar que o levem pela mão.

Sem levantar os olhos, o pai pigarreia, e o rapaz intui que alguma explicação vai ser dada. Quisera pedir a Deus que alguma explicação fosse dada.

– Melhor não contar pra sua mãe que encontramos esse...

– Não – diz Gustavo.

Ainda não sabe exatamente o que está se passando dentro dele. De pronto, solta sua mão, coloca no bolso da calça e morde o lábio até fazê-lo sangrar.

1955

NÃO VACILOU

Muitas noites realizara em sonhos o que ia fazer agora: apertar o botão da campainha na velha casa de Millán. Sempre acordava rancoroso, aborrecido consigo mesmo por essa fraqueza do subconsciente, disposto a recuperar o quanto antes aquele ódio de vinte e cinco anos, a raiva com a qual, sem poder evitar, costumava murmurar o nome de seu irmão. É verdade que tinha evitado as explicações – de que servem em um caso desses? – para não turvar a lembrança da mãe com tanta sordidez. Talvez alguém acreditasse que ele tinha feito cálculos sobre o provável valor do anel de brilhantes, do colar de pérolas legítimas, dos brincos de topázios. Mentira. A Pascual só importava que tinham sido da sua mãe, saber que efetivamente a tinham acompanhado em seus bons tempos, quando o pai estava vivo e ela ainda tinha cores nas faces. Teria oferecido em troca a chácara de Treinta y Tres que lhe tocara na partilha e que ele nem sequer visitava.

Não tinha querido pedir explicações. Simplesmente tinha cortado o diálogo com Matías. Que as guardasse. Que as vendesse se quisesse. E que entregasse sua alma ao diabo também. Tinha sido uma decisão relativamente fácil, não falar mais do assunto; no final das contas, se sentia confortável, quase satisfeito em seu silêncio. E Matías? Matías, é claro, tinha aceitado a situação sem procurar uma oportunidade para esclarecê-la. Pascual não lembrava quem tinha evitado quem. Simplesmente, não se falavam mais e nenhum deles tinha procurado o outro. Pascual acreditava entender: "Faz bem, está sendo precavido". Desde muito cedo tinham se preparado para isso. Pascual se lembrava com nitidez da época do caramanchão. Matías tinha então catorze e ele doze anos. Na hora da sesta, enquanto os pais descansavam e chegava da cozinha o ruído de pratos e panelas e o zum-zum das negras que durante a limpeza trocavam os mexericos do dia, enquanto o ar preguiçoso e quente empurrava as folhas e de vez em quando desprendia delas um bicho cabeludo, repugnante e sedoso, Matías e ele se estendiam sobre os bancos do caramanchão para ler seus livros de férias. Matías – encolhido, miúdo, nervoso – olhava com desprezo as leituras de Pascual (de preferência, *Bufalo Bill* e *Sandokan*). Pascual, por seu lado, dirigia um olhar reprovador aos títulos de detestável pieguice que exibiam os livros de seu irmão (*A filha do visconde*, *Mãe e destino*, *A última lágrima*).

E se não coincidiam nas leituras, tampouco coincidiam em relação a amigos. Os companheiros de Pascual, que chegariam com muito esforço até o segundo ano de medicina, eram piadistas, vigorosos, desaforados. Os de Matías, que se aborreceram durante anos na mesma mesa de café, eram desocupados de vagarosa abulia, metidos frouxamente a intelectuais.

Também Susana, a parente pobre, os havia separado. Matías foi o primeiro a se enamorar, e Pascual, que até aquele momento tinha reparado muito pouco ou nada na priminha, decidiu impressioná-la com suas torpes seduções. Ao final, um duplo fracasso, já que surpreendentemente Susana atraiu com suas manhas um vetusto endinheirado e decidiu se confinar em um lugar respeitável, com a razoável expectativa de uma viuvez folgada.

Em certa ocasião, é verdade, os irmãos tinham se unido e até se deleitado com o assombro de se sentir solidários: militaram no mesmo partido político e até figuraram na lista do clube[9]. Frequentemente se encontravam discutindo ombro a ombro, contra algum incrédulo, contra algum candidato a trânsfuga que registrava as promessas não cumpridas, as falhas individuais dos líderes. Assim mesmo, Pascual pensava se, com tantas desavenças, já não era um pouco tarde para sentir qualquer impulso fraterno.

O pai tinha procurado e encontrado seu enfarte, de modo que noite após noite ficavam acompanhando a mãe para distraí-la na medida do possível dessa confusa prostração que iria oprimir sem remédio seus últimos anos.

Depois Matías casou-se, e Pascual, que ainda hoje se apegava à sua paz de solteiro, tinha deixado que se extinguisse essa modesta camaradagem, da qual, no entanto, ambos conservavam uma recordação agridoce.

Mas chegou a morte da mãe, o único afeto estável que haviam sustentado e do qual Pascual não convalesceria tão facilmente. Não houve, em nenhum de seus frequentes sonhos, pesadelo mais opressivo que essa visão da pobre velha querendo desesperadamente partir deste mundo, com os olhos gastos cheios de aflição a cada vez que um bem intencionado tentava inventar esperanças. Pascual teria preferido uma doença com uma síndrome e um foco precisos; não podia suportar a ideia de que ela morrera pura e exclusivamente da vontade de morrer, de um tédio infinito, de não querer se agarrar a nada. No entanto, mesmo com a compungida sensação de não se fazer indispen-

---

9 Referência aos "clubes políticos" criados pelo *batllismo*, corrente do partido colorado seguidora de Jose Batlle y Ordoñez. (N.T.)

sável, de não ter conseguido que a mãe desejasse, pelo menos, viver por ele, Pascual não podia, ainda assim, deixá-la constrangida. Nele pesava mais a piedade, inevitavelmente deslumbrada por aqueles lábios que não queriam falar, por aqueles olhos que não tinham sequer tristeza.

Quando ela terminou de morrer, Matías e Susana tiveram que se ocupar de tudo, porque ele estava arrasado, em um estado de semiprostração e de perplexidade que o impedia de olhar para si mesmo sem se compadecer. Durante muitos dias teve horror de que lhe falassem de cifras, de juros, de títulos. Apenas por uma pergunta esperava com ansiedade. Se Matías lhe tivesse oferecido as joias, teria aceitado. Estava disposto a entregar tudo em troca: tinha se convertido em uma estéril obsessão guardar para si aquele tesouro que cabia em uma mão. Não sabia exatamente por quê, mas era o que lhe parecia mais próximo de sua mãe, a única coisa que podia contê-la com mais propriedade que aquele pobre corpo dos últimos meses. Aquele colar, aquele anel, aqueles brincos, eram ainda a mãe que sorria, que ainda ia a festas, que dava o braço ao pai e o convidava a passear pelo jardim naquelas tardes remotas de sombra vacilante.

Mas Matías não tocava no assunto. Tentou falar de ações, de terras, de depósitos. Nada das joias. Pascual assentia: "Faça como quiser. Pra mim, dá na mesma". Um pudor inquebrável o impedia de chantagear Matías com seu próprio desamparo. Sentia-se toscamente um pobre órfão, tão desvalido como se tivesse sete anos, mas com a tediosa sensação de sua chocante maturidade, de que dali pra frente o choro só ia parecer uma súplica pela piedade alheia.

Um dia o irmão não veio ao encontro marcado. "Não quer falar. Melhor. Está tudo claro." Na consciência de Pascual ficou definitivamente confirmada a artimanha de Matías e quando, dois meses mais tarde, cruzou com ele na esquina da Mercedes com Piedad, ignorou provocativamente o passinho curto, o chapéu impecável, o Havana legítimo, detalhes que conhecia tão bem como seus próprios tiques, como seus opacos e metódicos vícios.

Não obstante, uma coisa tinha que admitir. Graças à tenacidade desse ódio flamante, na verdade cheio de possibilidades, Pascual conseguiu vencer a paralisia em que sua autopiedade o consumia. O ódio a Matías o tinha feito reviver, tinha dado força a suas fabulações diárias, criado o impulso útil para reintegrá-lo a seu mundo de poucas paixões, de esperadas e lentas repetições. As joias e seu desejo de possui-las acabaram por se esvair, por virar lembrança, por se conformar em servir para exaltar a bílis e sustentar aquele ritual de abominação e de desprezo.

O colar, o anel, os brincos, que significavam o último elo com a mãe, e que, de todo modo, pareciam conservar sua memória, tinham passado a ser a imagem eminente que sustentava uma tradição obscura, apenas isso.

Pascual convivia bem com a integridade de seus rancores. Reconhecia que eram uma conta pendente entre ele e seu irmão, nada mais. Não tinha por que falar sobre isso com Sienra, o advogado de Matías, nem com seus cada vez menos amigos pessoais. Nem sequer com Susana, que uma ou duas vezes por mês aparecia para tomar chá em seu apartamento de solteiro (ele a deixava convidar-se) e soltava sempre, como por descuido, alguma perguntinha destinada a averiguar que misteriosa afronta havia causado a ruptura. A confiança de tantos anos autorizava Pascual a afastar a implacável curiosidade da prima com um "E o que te importa?", sem chegar a incomodá-la, claro que tampouco a saciava, já que no chá seguinte voltava à carga com renovados brios.

Susana tinha se transformado em uma cinquentona embalada em roupas caras, mas o conforto de sua viuvez não serviu para impedir as gorduras e menos ainda para adiar uma vexatória e masculina calvície que, acima de qualquer dúvida e debaixo de qualquer peruca, constituía o irremediável martírio, a compensação abjeta por sua boa vida. Às vezes, Pascual, homem de poucas e esquecidas paixões, a contemplava atento, como se não pudesse acreditar nos seus olhos, que inevitavelmente tendiam a compará-la com a agradável coquete de outrora, aquela tentação que em bailes e passeios, em carnavais de carruagens e flores, os tinha feito suspirar, Matías e ele, pela posse de seu adorável corpinho.

Mas, francamente, por que iria falar com ela? Susana também visitava Matías e sua mulher. Nos domingos, geralmente almoçava com eles; depois, iam ao Parque Rodó, caminhar pela margem do lago, aguentando sem comentários a algazarra dos meninos nos brinquedos, para voltar por volta das sete, revigorados, no balanço do mesmo bonde. Susana não poupava palavras para enaltecer a Pascual os deliciosos pratos de Isoldita, a mulher de Matías, que até os cinquenta e três anos se indignava pontualmente cada vez que alguém a chamava pelo diminutivo, mas que agora, cansada de sua própria defesa, estava resignada – já com dentadura postiça e reumatismo – a sentir-se Isoldita.

Pascual não conhecia muito a si mesmo; em compensação conhecia por experiência os ímpetos surpreendentes de sua prima. Uma única vez que tivesse falado das joias com ela teria bastado para assegurar a imediata transmissão a Matías da equivocada, quase hedionda querela. Em resumo, Pascual tinha cortado o diálogo com seu irmão e não tinha intenção de retomá-lo.

Não tinha essa intenção? Muitas vezes tinha realizado em sonho o que fazia agora: apertar o botão da campainha na velha casa de Millán. Sempre tinha acordado rancoroso, mas agora... agora estava implacavelmente desperto, agora não vacilava apenas no subconsciente, agora estava criando, na realidade e com suas mãos, sua própria e necessária humilhação.

Ainda não podia acreditar. Não tinha acreditado na tarde em que, ao voltar do enterro de Susana, encontrou o bilhete de Sienra. Não tinha acreditado uma semana mais tarde, quando decidiu chamar o advogado e este lhe disse que Matías queria falar com ele, que (palavras de Matías) se tratava de algo inadiável, que fosse logo à casa de Millán, porque ele não podia sair, estava doente. Não tinha acreditado no momento em que Sienra arrancou dele a promessa e agora, no entanto, estava aqui, desorientado, ainda indeciso, quando a rigor já de nada servia sua indecisão. Havia cedido, a campainha soava lá dentro e seu coração estava velho. Susana, a pobre e pesada Susana, tinha ido, com peruca e tudo, para o fundo da terra. Pascual sentia que na vida, como em cada dia, também chegava uma hora do Angelus, e que ele estava vivendo essa hora. Susana já era uma lembrança inescrutável, que ele não amava e nunca tinha podido amar, mas que havia deixado em volta dele um pequeno vazio.

Empurrou de leve o portão de ferro, sabendo o que fazia, e comprovou que estava aberto. Empurrou-o suavemente para não ranger, e entrou, depois de vinte e cinco anos, no jardim de sempre. À direita, o canteiro de malvas brancas e a estátua com os três anjinhos que continuavam urinando. Depois a pedra grande, onde nas manhãs de verão fazia intermináveis e solitários jogos de cinco marias[10]. Mais à frente, o abeto do Cáucaso que tinha chegado em seu caixote de procedência europeia, ainda que não exatamente do Cáucaso, e que todos anunciaram que iria secar. Ali atrás, meio oculto pela casa, o caramanchão; um dos bancos tinha quebrado, e as folhas – quem sabe – pareciam mais frágeis e menos vivas.

Então a porta se abriu e Pascual viu algo assim como a mãe de Isoldita, ou a tia, ou talvez uma parente velha, que não sabia exatamente o que dizer. Mas o sorriso conservava seu nome. "Como vai, Isoldita?", disse com certa vergonha.

---

10 No original, *solitários de payana*, tradicional jogo infantil, com cinco pedrinhas, ou saquinhos. (N.T.)

Ela lhe estendeu a mão e ele sentiu a obrigação de entrar, a horrível curiosidade de se introduzir na sala e enfrentar o grande retrato a óleo da mãe, feito por aquele pintor basco que tinha cobrado trezentos pesos para esquecer o tempo e as rugas. Não se deteve ali, passou rapidamente seguindo Isoldita, mas uma rápida olhada bastou para comprovar que pouco recordava daquele rosto. A cunhada estava de luto, por Susana, claro, e toda casa estava às escuras, as persianas fechadas e até um toldo recolhido. "Matías está lá em cima", disse ela, como quem se desculpa. Pascual se sentiu levemente enjoado. A rigor, lhe veio uma ânsia de vômito ao sentir uma dor aguda nas articulações pelo esforço de subir aquela mesma escada que antes ele galgava em quatro saltos.

Isoldita abriu a porta e com as sobrancelhas lhe indicou que entrasse. Era o antigo quarto da mãe, mas ali estava ele – "aquilo era Matías?" – no lado esquerdo da cama, com um cachecol acinzentado, os olhos inchados e o cabelo em tufos. Pascual se aproximou, cada passo custando-lhe uma vida, e Matías disse, sem aparentar esforço: "Sente aqui, por favor". Sentou-se, não tinha aberto a boca e o outro já emendava: "Olha, tinha que falar com você. Houve um mal entendido, sabe?". Pascual sentiu um repentino calor nas têmporas e moveu os lábios. "Você acha?" Matías estava nervoso, com as mãos amassava a colcha com força e não se sentia cômodo.

De repente, começou a falar, disse quase tudo de um só golpe. Mais tarde, Pascual iria recordar confusamente que tinha desejado interromper a explicação, mas que de nada tinha adiantado. Matías, febril, incrustando as palavras na sua própria tosse, gritando às vezes, acomodando maquinalmente a almofada que insistia em deslizar atrás de sua cabeça, parecia ansioso por chegar ao final, por convencer-se de que o outro estava entendendo: "Vou ser franco com você. Claro, talvez já não seja a hora de ser franco. Você vai pensar assim e vai ter razão, toda a razão do mundo. A verdade é que quando mamãe morreu...dia quinze fez vinte e cinco anos, parece mentira...eu deixei de ver... de falar com você... juro que para mim você tinha acabado... Sim, já sei, você não veio me ver, negou-se a me cumprimentar, aquilo foi o pior, porque eu imaginei que não queria falar comigo sobre as joias... Claro, claro... já sei que não, mas naquela ocasião eu ignorava tudo. Só entendia que você não queria falar comigo porque tinha levado o colar, os anéis, os brincos... Para mim isso era indiscutível, porque tinham desaparecido e você não falava desse tema proibido. Não sei bem o que eles terão representado para você; para mim, ao menos, eram a presença de mamãe. Por isso, eu não conseguia perdoá-lo, dá para entender? Não podia perdoá-lo por você não querer falar do assunto, e, ao mesmo tempo, (aqui está minha sandice) não queria ser eu a falar. Compreenda, meu velho, cada um tem sua espécie de pudor. Compreenda que eu não podia pedir nada. Esperei que você viesse, não sabe com que ansiedade esperei que viesse. Mas como te odiava! Durante vinte e cinco anos, dia após dia, não parece francamente horrível? Quem sabe até quando isso ia prosseguir, quem sabe até quando ia durar esse rancor se Susana não morre... Nos chamou faz alguns dias, sabe? Mal conseguia falar, mas nos deu as joias. Era ela, a cretina. As tinha levado quando da morte de mamãe. Ela, a imunda. Isoldita olhava para ela e não podia acreditar. Vinte e cinco anos... se dá conta? E eu sem falar com você... sem vê-lo...".

Só então parece acalmar-se e relaxar um pouco músculos e nervos. Mas em seguida se lembra do que falta e se apoia no criado-mudo. As mãos tremem um pouco, mas abre ruidosamente uma das gavetas e pega um pacote verde e alongado. "Toma", diz, e o estende a Pascual. "Toma, insisto. Quero me castigar por minha sandice, por minha desconfiança. Agora que finalmente tenho as joias, quero que as leve. Você entende?"

Pascual não disse nada. Tem sobre os joelhos o pacote verde e se sente ridículo como nunca. Trata de pensar: "De modo que Susana...". Mas Matías já recomeçou e dispara com ímpeto: "Temos que recuperar o tempo perdido. Quero ter outra vez um irmão. Quero que você venha viver conosco, aqui, em sua casa. Isoldita pede o mesmo". Pascual balbucia que vai pensar, que haverá tempo para discutir isso com calma. Não consegue ir além, isso é o grave. Quer sair da surpresa, saber com exatidão o que pensa disso tudo, mas a voz do outro o encurrala, exige dele – como o mais adequado recibo das joias – o fétido perdão.

Matías tem agora outro acesso de tosse, muito mais violento que os anteriores, e Pascual aproveita a trégua para se pôr de pé, murmurar uma evasiva qualquer, prometendo voltar, e apertar o suor daquela mão que parece gêmea da sua. A cunhada, que assistiu, sem se pronunciar, a todo o arrependimento, o acompanha outra vez até a porta. "Adeus, Isolda", disse, e ela, agradecida, não exige que volte.

Olha sem nostalgia a pedra comprida e os anjinhos, fecha o portão de ferro, fazendo-o ranger, e de novo se encontra na rua. Para dizer a verdade, não tinha vacilado. A mão esquerda segue apertando o pacote e ele sente de repente uma irrefreável vontade de fumar. Então se detém na esquina, acende um cigarro, e ao sentir no paladar a velha fruição do fumo, vê repentinamente tudo claro. Agora as joias já não importam; o ódio a Matías segue intacto; a prima Susana que descanse em paz.

1955

ALMOÇO E DÚVIDAS

O homem se deteve em frente à vitrine, mas sua atenção não foi atraída pelo alegre manequim e sim pela sua própria figura refletida nos cristais. Ajeitou a gravata, aprumou o elegante chapéu. Nesse momento viu a imagem da mulher junto à sua.
— Olá, Matilde — disse — e virou-se.
E a mulher sorriu e lhe estendeu a mão.
— Não sabia que os homens eram tão vaidosos.
Ele riu, mostrando os dentes.
— Mas a essa hora — disse ela — você devia estar no trabalho.
— Devia. Mas saí a negócios.
Ele lhe dedicou um insistente olhar de reconhecimento, de quem se põe em dia.
— Ademais — disse — estava quase certo de que você passaria por aqui.
— Me encontrou por acaso. Eu não faço mais esse caminho. Agora costumo descer em Convención.
Distanciaram-se da vitrine e caminharam juntos. Ao chegar à esquina, esperaram a luz verde. Depois, atravessaram.
— Tem um tempinho? — ele perguntou.

— Sim.
— Posso pedir que almoce comigo? Ou vai me negar de novo?
— Peça. Claro que... não sei se devemos...
Ele não respondeu. Entraram na rua Colonia e se detiveram em frente a um restaurante. Ela examinou o cardápio à porta, com mais atenção do que merecia.
— Aqui se come bem — disse ele.
Entraram. No fundo havia uma mesa livre. Ele a ajudou a tirar o casaco. Depois de examiná-los durante alguns minutos, o garçom se aproximou. Pediram presunto cozido e que preparassem dois churrascos. Com batatas fritas.
— O que você quis dizer com "não sei se devemos"?
— Tolice. Essa história de você ser casado, sei lá.
— Ah.
Ela passou manteiga sobre a metade de um pãozinho francês. Na mão direita tinha uma mancha de tinta.
— Nunca conversamos francamente — disse — você e eu.
— Nunca. É tão difícil. No entanto, temos nos dito muitas vezes as mesmas coisas.
— Você não acha que seria o momento de falar de outras? Ou das mesmas, mas sem nos enganarmos?
Passou uma mulher indo em direção ao fundo e o cumprimentou. Ele mordeu os lábios.
— Amiga de sua mulher?
— Sim.
— Eu até gostaria que comentassem.
Ele escolheu um *grissini* e partiu-o, com o punho cerrado.
— Quisera conhecê-la — disse ela.
— Quem? Essa que passou?
— Não. Sua mulher.
Ele sorriu. Pela primeira vez, os músculos da cara relaxaram.
— Amanda é boa. Não tão bonita como você, claro.
— Não seja hipócrita. Eu sei como sou.

– Eu também sei como você é.

O garçom trouxe o presunto. Olhou a ambos inquisidoramente e acariciou o guardanapo. "Obrigado", disse ele, e o garçom se afastou.

– Como é estar casado? – perguntou ela. Ele tossiu sem vontade, mas não disse nada. Então, ela olhou as próprias mãos.

– Devia ter lavado. Olha que sujeira.

A mão dele se moveu na toalha até pousar sobre a mancha.

– Já não se vê mais.

Ela se dedicou a olhar o prato e ele então retirou a mão.

– Sempre pensei que com você me sentiria à vontade – disse a mulher – que poderia falar simplesmente, sem passar uma imagem falsa, uma espécie de foto retocada.

– E a outras pessoas, você passa essa imagem falsa?

– Suponho que sim.

– Bem, isso me favorece, não é mesmo?

– Suponho que sim.

Ele ficou com o garfo a meio caminho. Depois mordeu um pedacinho de presunto.

– Prefiro a foto sem retoques.

– Para quê?

– Você disse "para quê?" como se dissesse apenas "por quê?", com o mesmo tom de inocência.

Ela não disse nada.

– Bem, para vê-la – ele continuou –, com os retoques já não seria você.

– E isso importa?

– Pode importar.

O garçom levou dois pratos, demorando-se. Ele pediu água mineral. "Com limão?" "Pode ser. Com limão."

– Você quer bem a ela, não? – perguntou.

– Amanda?

– Sim.

– Naturalmente. São nove anos.

– Não seja vulgar. O que os anos têm a ver?

— Bem, acho que você também acredita que os anos transformam o amor em costume.
— E não é assim?
— É. Mas não significa um ponto contra, como você pensa. Ela se serviu de água mineral. Depois serviu a ele.
— E o que você sabe do que eu penso? Os homens sempre se creem psicólogos, estão sempre descobrindo complexos. Ele sorriu sobre o pão com manteiga.
— Não é um ponto contra – disse – porque o hábito também tem sua força. É muito importante para um homem que a mulher passe suas camisas do jeito que ele gosta, ou que não coloque no arroz mais sal do que convém, ou que não seja desagradável à meia-noite, justamente quando a gente precisa dela.
Ela passou o guardanapo pelos lábios que estavam limpos.
— Em compensação, você gosta de ser desagradável ao meio-dia.
Ele optou por rir. O garçom se aproximou com dois churrascos, recomendou que fizessem um pequeno talho na carne para ver se estava crua, fez um comentário sobre as batatas fritas e retirou-se com um ríctus que há quinze anos tinha sido um sorriso.
— Vamos, não se irrite – disse ele. – Eu só quis dizer que o hábito vale por si mesmo, mas também influi na consciência.
— Nada menos?
— Pense um pouco. Se a pessoa não é idiota, se dá conta de que o hábito conjugal pouco a pouco acaba com o interesse.
— Oh!
— Que a gente vai levando as coisas com certa desatenção, que a novidade desaparece, enfim, que o amor vai se enclausurando cada vez mais em datas, em gestos, em horários.
— E isso é mal?
— Realmente, não sei.
— Como? E a famosa consciência?
— Ah, sim. Ia chegar lá. Acontece que você me olha e me distrai.

– Bem, prometo olhar as batatas fritas.
– Queria dizer que, no fundo, a gente tem notícias dessa mecanização, desse automatismo. A gente sabe que uma mulher como você, uma mulher que é outra vez o novo, tem sobre a esposa uma vantagem até certo ponto desleal. Ela deixou de comer e depositou cuidadosamente os talheres sobre o prato.
– Não me interprete mal – disse ele. – A esposa é algo conhecido, rigorosamente conhecido. Não tem aventura, entende? Outra mulher...
– Eu, por exemplo.
– Outra mulher, ainda que mais adiante esteja condenada a cair no hábito, tem de saída a vantagem da novidade. A gente volta a esperar com ansiedade aquela hora do dia, aquela porta que se abre, aquele ônibus que chega, aquele almoço no centro. Enfim, a gente volta a se sentir jovem, e isso, de vez em quando, é necessário.
– E a consciência?
– A consciência aparece quando menos se espera, quando você abre a porta da rua, ou quando está se arrumando e olha distraidamente no espelho. Não sei se me entende. Primeiro se tem uma ideia de como será a felicidade, mas depois vamos aceitando correções a essa ideia, e só quando todas as correções possíveis foram feitas, você se dá conta de que esteve trapaceando.

"Alguma sobremesa?", perguntou o garçom, misteriosamente aparecido atrás da mulher. "Dois doces de nata à espanhola", disse ela. Ele não protestou. Esperou que o garçom se afastasse para continuar falando.

– É como essas pessoas que jogam paciência e enganam a si mesmas.
– Essa mesma comparação você fez o verão passado no La Floresta. Mas então se aplicava a outra coisa.
Ela abriu a bolsa, pegou o espelhinho e ajeitou o cabelo.
– Quer que eu diga que impressão me causa o seu discurso?
– Diga.

– Me parece um pouco ridículo, sabe?
– É ridículo. Disso estou seguro.
– Olhe, não seria ridículo se você o dissesse a si mesmo. Mas não esqueça que está dizendo a mim.
O garçom colocou os doces de nata sobre a mesa. Ele pediu a conta com um gesto.
– Olha, Matilde – disse. – Vamos parar com rodeios. Você sabe que eu gosto muito de você.
– Que é isso? Uma declaração? Um armistício?
– Você sempre soube, desde o começo.
– Está bem, mas o que é que você supõe?
– Que você está em condições de conseguir tudo.
– Ah, sim. E quem é tudo? Você?

Ele encolheu os ombros, moveu os lábios, mas não disse nada, depois bufou mais do que suspirou, e agitou uma nota com a mão esquerda.

O garçom se aproximou com a conta e foi deixando o troco sobre o pratinho, sem perder nenhum gesto, sem descuidar de nenhum olhar. Recolheu a gorjeta, disse "obrigado" e se afastou caminhando para trás.

– Estou seguro de que você não vai fazer isso – disse ele – mas, se neste momento você me dissesse "venha", eu sei que eu iria. Você não vai fazer porque logicamente não quer arcar com o peso morto da minha consciência, e, ademais, porque se o fizesse, não seria o que eu penso que você é.

Ela foi movendo a mão manchada até pousá-la suavemente sobre a dele. Olhou-o fixamente, como se quisesse atravessá-lo.

– Não se preocupe – disse, depois de um silêncio, e retirou a mão. – Pelo visto você sabe de tudo.

Levantou-se e ele a ajudou a vestir o casaco. Quando saíam, o garçom fez uma cerimoniosa inclinação de cabeça. Ele a acompanhou até a esquina. Durante um momento ficaram calados. Mas antes de subir no ônibus, ela sorriu com os lábios apertados e disse: "obrigada pela comida". Depois foi embora.

1956

Acabou a raiva

Ainda que a perna do homem apenas se movesse, Fido, debaixo da mesa, apreciava enormemente essa carícia em volta do focinho. Isso era quase tão agradável como apanhar pedacinhos de carne diretamente da mão do amo. Já fazia dois anos que, contra a sua vocação e a do seu físico (patas grossas e firmes, cangote robusto, orelhas afiladas), Fido tinha se tornado um cachorro de apartamento, condição que parecia combinar melhor com os cãezinhos afeminados, histéricos e mijões, que desprestigiavam o segundo andar. Fido não pertencia a uma raça definida, mas era um animal disciplinado, consciente, que em geral satisfazia suas necessidades até o meio-dia, hora em que o levavam à rua para efetuar sua revista de árvores. Além disso, sabia como ficar em duas patas até receber a ordem de descanso, trazer o jornal na boca todas as manhãs, emitir um latido barítono quando tocava a campainha e servir de capacho a seu dono e senhor quando este voltava do trabalho. Passava a maior parte do dia deitado em um canto da sala de jantar ou sobre os ladrilhos do banheiro, dormindo ou simplesmente contemplando o verde calmante da banheira.

Em geral, não incomodava. Verdade que não sentia um afeto especial pela mulher, mas como era ela quem se preocupava em preparar sua comida e trocar sua água, Fido hipocritamente lambia suas mãos em algum momento do dia, a fim de não perturbar serviços tão vitais. Seu preferido era, naturalmente, o homem, e quando este, depois de almoçar, acariciava a nuca, ou a cintura, ou os seios da mulher, o cachorro se agitava, ciumento e apreensivo, no canto mais sombrio da sala.

Os grandes momentos do dia eram, sem dúvida: as duas refeições, o passeio diurético pela calçada, e especialmente esse prazer depois da janta, quando o homem e a mulher falavam, distraídos, e ele sentia junto ao focinho o roçar afetuoso das calças de flanela.

Mas nessa noite Fido estava estranhamente inquieto. Os abanos com o rabo não eram, como em outras sobremesas, um sinal de mimo e reconhecimento, uma manha habitual de cachorro velho. Nessa noite o passado imediato pesava sobre ele. Uma série de imagens, bastante recentes, tinha se acumulado em seus olhinhos chorosos e experimentados. Em primeiro lugar: o Outro. Sim, uma tarde em que estava sozinho no apartamento, dormindo sua sesta em frente à banheira, a mulher chegou, acompanhada do Outro. Fido tinha latido sem timidez, tinha se comportado como um profeta. O sujeito o tinha chamado repetidas vezes com um falsete carinhoso, mas ele não gostava daquelas calças pretas cortantes nem do antipático cheiro do homem. Duas ou três vezes conseguiu dominar-se e se aproximar farejando, mas acabava se retirando para o seu canto da sala, onde o cheiro da fruteira era mais forte que o do intruso.

Daquela vez a mulher só tinha *falado* com o Outro, ainda que tivesse rido como nunca. Mas certo dia em que ela estava só com Fido e o sujeito apareceu, tinham se dado as mãos e terminaram por se abraçar. Depois, aquela cara redonda, com bigodes negros e olhos saltados, apareceu cada vez com mais frequência. Nunca passavam para o quarto, mas no sofá faziam coisas que traziam a Fido saudades violentas das cadelinhas de certa chácara em que passara sua *filhotice*[11].

Uma tarde – quem saberá por quê – voltaram a notar sua presença. Desde o começo, Fido havia entendido que não devia aproximar-se, que os latidos proféticos do primeiro dia não podiam se repetir. Para o seu próprio bem, pela continuidade dos serviços vitais, pelo ansiado passeio na calçada. Não lambia a mão de ninguém, mas também não incomodava. E ainda assim eles tinham percebido sua presença. Na realidade, foi a mulher, e era natural, porque com o sujeito não tinha nada em comum. Por acaso ela teve especial consciência de que o cachorro existia, de que estava presente, de que era uma testemunha, a única. Fido não tinha nada a reprovar, melhor dizendo, não sabia que tinha algo a reprovar, mas estava ali, no banheiro ou na sala, olhando.

E debaixo desse olhar úmido, remeloso, a mulher acabou se sentindo inquieta e não demorou para ser tomada por um ódio violento, insuportável.

Naturalmente, pouco disso chegara a Fido. Mas uma coisa o atingia e era o rancor com que ela o tratava, a raiva incomum com que admitia sua vizinhança forçada.

E agora que recebia a cota diária de afeto, agora que sentia junto ao focinho o roçar e o cheiro preferidos, se sabia protegido e seguro. Mas, e depois? Seu problema era uma lembrança, a mais próxima. Fazia um dia, dois, três – um cachorro não rotula o passado – o sujeito teve que sair com pressa (por quê?) e tinha esquecido a cigarreira, uma coisa linda, dourada, muito dura, sobre a mesinha do living.

A mulher a guardara, também com pressa (por quê?), atrás de uma cortina da despensa. E ali, tão logo ficou só,

---

11 No original, *cachorrez*, neologismo advindo de *cachorro*, que significa filhote de qualquer mamífero, em castelhano. (N.T.)

Fido foi cheirá-la. Aquilo tinha o cheiro desagradável do sujeito, mas era dura, metálica, brilhante, uma coisa cômoda de lamber, de empurrar, de fazê-la soar contra as tábuas do piso. A perna do amo não se moveu mais. Fido entendeu que por hoje a festa estava encerrada. Preguiçosamente foi estirando as patas e se levantou. Ainda lambeu um pedacinho de tornozelo que estava descoberto entre a meia gasta e a calça. Depois se foi sem rosnar nem ladrar, com passo lento e reumático, para o seu canto tranquilo.

Mas aconteceu então algo inesperado. A mulher entrou no quarto e voltou em seguida. Ela e o homem falaram, a princípio relativamente calmos, depois aos gritos. De repente a mulher se calou, pegou o casaco do cabide, vestiu-o, aos solavancos e – sem que o homem fizesse nenhum gesto para impedir – saiu para a rua, batendo a porta com tal violência que o cachorro não teve outro remédio senão latir.

O homem ficou nervoso, concentrado. A Fido ocorreu que este era o momento. Nada de vingança; na realidade, não sabia o que era. Mas o instinto dizia a ele que era o momento.

O homem estava tão ensimesmado que nem se deu conta de que o cachorro o puxava pelas calças. Fido teve que recorrer a três latidos curtos. Sua intenção era clara, e o homem, depois de vacilar, seguiu-o sem vontade. Não foi muito longe. Até a despensa. Quando o cão afastou a cortina, o homem pensou em recuar, depois se agachou e pegou a cigarreira.

Na realidade, Fido não esperava nada. Para ele, seu achado não tinha tanta importância. De modo que quando o homem deu aquele murro bárbaro contra a parede e se pôs a gritar e a chorar como um cãozinho do segundo andar, ele se viu obrigado a recuar ante a comoção que provocara. Ficou silencioso, pegado ao batente da porta, e dali observou como o homem, com os dentes apertados, gritava e gemia. Então decidiu aproximar-se e lambê-lo com ternura, como era seu dever. O homem levantou a cabeça e viu aquele rabo movediço, aquele pesado incômodo que vinha se compadecer, aquela testemunha. Fido ainda ofegou satisfeito, mostrando a língua úmida e escura. Depois acabou. Era velho. Era fiel. Era confiante. Três pobres razões que o impediram de se assustar quando o pontapé lhe arrebentou o focinho.

1956

Caramba e lástima

Inclinado sobre os canelones ao creme, segundo prato do menu fixo, Ortega viu chegando a bolinha de miolo de pão e teve tempo de se lançar para trás. O projétil ricocheteou na testa de Silva; esquecido de todas as bolinhas de miolo que tinha atirado em incontáveis despedidas de solteiro, Silva ficou furioso e respondeu com a metade de um pão francês. Na outra ponta da mesa o vinho derramou e Canales se levantou de um salto, com as calças em petição de miséria. Naquela altura, já se arremessava manteiga ao teto e o Flaco tinha recorrido a uma atiradeira para lançar azeitonas.
– Fala, Gómez! – disse alguém que não era o Gómez.
– Fala! Fala! – confirmou o coro, exalando um soluço débil de vinho chileno, enquanto um garçom loiro, de olhos descoloridos, enchia pela quarta vez todas as taças.
Gómez, em um canto, ficou de pé e o fizeram sentar a golpes de guardanapo. O *maître* de cara de grão-de-bico sorriu compreensivo.
– Deixem! Deixem que ele fale! – gritou Canales, e o deixaram, satisfeitos com o armistício tácito que permitia a todos terminar o cordeirinho.

Gómez, ingênuo, rechonchudo e sempre cansado, ainda acreditava que era possível levar a sério seus ares de orador e desde a manhã tinha preparado um complicado brinde, que era, com poucas variantes, tudo o que a memória conservara de sua própria despedida de solteiro.

– Eu... bem... em realidade... o que vou dizer?... e não me sinto o mais indicado... que não seja desejar aqui ao amigo Ruiz a melhor das felicidades... e que... ao começar essa nova etapa... junto à companheira que escolheu...

– Boa, gordo! Boa! – gritou o coro. – É assim que se fala!

Em que pesem as palmadinhas nas costas e os aplausos frenéticos, Gómez queria continuar. Diante do perigo, Ortega optou por se levantar; tossiu, ficou sério, e em meio aos risos contidos daqueles poucos que já sabiam o que viria, falou lentamente, com tom solene e cerimonioso.

– As palavras do companheiro, tão sinceras e humanas, sem falsos ouropéis, conseguiram uma vez mais me comover. Sei que o amigo Ruiz, feliz destinatário das mesmas, é todo modéstia, todo coração. Mas eu, se estivesse em seu lugar, e creio que com isso não faço mais do que interpretar seu sentimento, lhe teria respondido com aquela velha canção do Sul. (Aqui se deteve, ainda circunspecto; de repente, como se impulsionado por uma mola e com sua melhor expressão de energúmeno, pôs-se a berrar.) Andacagaar! Andacagaar!

A explosão foi unânime. Enquanto as risadas e os arrotos permitiram, todos faziam coro à velha canção do Sul. Gonzalito, segurando o estômago e queixando-se como uma parturiente, se recostava no peito suado de Silva, que tampouco aguentava o seu próprio riso. Canales, a quem o chiste havia surpreendido quando bebia, tinha engasgado e distribuía vinho chileno através de uma tosse seca, convulsiva, dando a Valdés um bom motivo para lhe acertar pancadas nas costas. Gómez, o coitado, tinha se sentado e mexia os lábios como se rezasse. Mas não rezava.

O certo é que ninguém nesse momento se ocupava de Ruiz, que, afinal, era o festejado. Quando Gómez tinha começado seu discurso, quatro ou cinco cabeças se voltaram para olhá-lo e ele tinha ruborizado, não pelo vinho, já que só bebia água mineral. Depois o esqueceram. Melhor. Ele não gostava desse jeito barulhento de ficar alegre. Tinha vinte e três anos, se casava amanhã e levava consigo o segredo de sua virgindade. Fazia sete anos que tinha encontrado Emília e tinha prometido dedicar-lhe essa oferenda: iria puro para o matrimônio. Era naturalmente tímido e isso o tinha ajudado a cumprir. Por outro lado, nem se dava conta de que para ele teria sido um sacrifício maior abordar uma mulher do que evitá-la.

"Conta aquela da empregadinha", pediu Gonzalito a Ortega, sobre os últimos despojos de sua taça de sobremesa. E Ortega contou também a da empregadinha. Quando concluiu: "Não, velha, que estou com a turma!", uns poucos golpearam a mesa e outros se jogaram para trás nas cadeiras procurando extravasar um riso incontido. Tudo um êxito.

Emília. Tinha dezenove anos e parecia ainda mais jovem. O nariz arrebitado, as faces lisas sem sinais nem sardas. Olhos de um cinza esverdeado. Linda. Mais que tudo, o frescor.

– Ei, Ruiz, você tem que beber alguma coisa.

Lembraram-se dele. Azar. Estava tão tranquilo.

– Me faz mal!

– O que é que pode te fazer? O que é você... uma florzinha?

– Você sabe que eu nunca bebo... por causa do fígado.

– Mas, velho, se você não se permite uma aventura hoje... então, quando? ... Te sobra pouco...

Emília. Uma coisinha frágil. Ria, sorria, chorava no cinema, parecia sempre digna de piedade. Ele gostava de lhe passar o braço em volta dos ombros e ela gostava de se sentir protegida. Filha natural; o padrasto, um energúmeno, sempre a castigava. Amanhã, a libertação. Ele tinha repassado várias vezes os detalhes de seu futuro tratamento de ternura.

– Agora, sim... não esperava menos... Afinal, somos o quê? Machos ou rãzinhas?

– Rãzinhas – chiou alguém.

– Bebe outra taça, que para uma estreia esse chileno é o mais apropriado.
Sentia calor nas faces e um absurdo otimismo. Emília. Viva Emília. Todos eram simpáticos, generosos, alegres; eram seus companheiros, seus irmãos, sua vida. Mais uma tacinha, é assim que eu gosto.
– Agora, manda as recomendações, Flaco – disse Gonzalito.
– Sim, as recomendações – confirmou o outro.
Ninguém as ignorava, mas estavam dispostos a rir de novo, estavam dispostos a qualquer sacrifício contanto que rissem. Ortega, por exemplo, já tinha vomitado sobre uma cadeira desocupada. O Flaco tirou um papel do bolso e assim, sentado mesmo, com as letras bailando em frente às lentes, leu o famoso decálogo.
– O matrimônio é uma instituição para a qual é preciso entrar com cuidado, lubrificando o desejo ardente com o mágico unguento da ternura e da compreensão...
Ruiz, que já estava tonto, arrancou de um só golpe o manto de pureza que cobria aquela velha obscenidade. Festejou com os outros e entre as gargalhadas irrompeu nele um galo, como se estivesse despertando.
Então, alguém o pegou por um braço, um de seus irmãos generosos e alegres, viva Emília. Outra garrafa quebrada. "Vamos embora." Em boa hora. Passaram aos tombos entre as cadeiras vazias, em frente ao *maître* com cara de grão-de-bico, que já não sorria, ao contrário parecia dizer ao garçom loiro, de olhos claros: "Esses taradinhos bebem quatro taças e já se veem forçados a vomitar".
Amanhã a libertação. Pela primeira vez pensa em Emília em termos de sexo. Como será ela? Como será tudo? Ele, precavido, tinha lido Van de Velde, os três volumes. Ninguém vai sofrer.
– Sigam-me os valentes – disse Ortega, já recuperado do vômito.
– Vamos à roleta.

– Se deixarem você entrar.
– Vão vocês – disse Silva – nós vamos mostrar a esse garoto o que é um cabaré. Apresentaram-se o Flaco e Gonzalito. Gómez se esquivou com cara de vou para casa. Entraram a duras penas no pequeno carro de Silva. Ruiz o via dirigir por Colonia, acompanhando a milonga do rádio, mas achava isso natural, uma bobagem de tão fácil. Até ele teria conseguido empunhar o volante. Era tão simples. Não cabiam na mesa. Quatro homens e quatro mulheres. Ele sentia os cabelos loiros e espessos da rapariga em seu queixo quase imberbe. O Flaco dançava com a mais baixinha, no centro da pista, um dedo para o alto, e se fazendo de menininho. Silva respirava fogosamente junto ao rosto impávido da mulatinha e a todo custo queria avançar direto no seio esquerdo. Gonzalito, em compensação, catequisava a sua com uma linguagem inesperada: "Ninguém explicou a você o mistério da Santíssima Trindade? A virgindade de Maria se originou em um erro de tradução". A bofetada soou como um tiro. "Não me insulte, seu sujo."

Então Ruiz, que empunhava a taça de champanhe como se fosse um cetro, finalmente viu tudo claro. Sua virgindade era um erro de tradução. A cintura da mulher desnuda debaixo do vestido e que se permitia ser apalpada sem nenhuma perda, o tinha ajudado muito a compreender. Era um erro. Gonzalito, seu irmão fiel, seu velho camarada, lhe tinha feito a revelação.

O Flaco discutia agora com um deputado da catorze[12] sobre as quatro épocas de Gardel. A baixinha se aborrecia e ele, para conformá-la, a apalpava nas nádegas e lhe dava uísque. Silva, menos ensimesmado, tinha desaparecido com a mulata.

---

12 "La catorce", lista de deputados conservadores do Partido Colorado. (N.T.)

De repente Ruiz se viu dançando. À mulher, lhe faltavam dois dentes quando sorria. Séria, não era de todo mal. As costas dela suavam em sua mão direita. Emília.
– O que acha de levantarmos acampamento? – perguntou o Flaco. – Eu vou ficar com a baixinha por aí. E você? Quando e como tinham entrado? A rapariga, de frente para ele, tinha na barriga uma cicatriz profunda, mas antiga.
– Como você a fez?
– Pegou pesado, hein? Jogando escopa, foi assim que eu a fiz.
Vestida parecia mais magra. Mas não; tinha onde se pegar. O espelho mostrava, além disso, uma franja de urticária na altura do rim. Vinte anos, talvez vinte e um. Emília tinha dezenove.
– Me diga... Você está perdido de bêbado ou é novato de verdade? Que graça. Vou recomendar você para minha tia, que é uma educadora...
Claro que é novato. Justamente. Emília merece essa pureza.
Com o peso da mulher, as molas soam languidamente. O braço dela por pouco o asfixia. *Era* novato. Caramba.
– Que horas são? – disse em voz alta e estava caindo em si.
Por entre os dentes que mordiam um alfinete de gancho, a mulher disse algo que podia ser: "São três horas".
Três horas do dia primeiro. Horrível, tudo perdido, nada para oferecer. Emília. Emília. Emília. A libertação, precisamente hoje. Nada mais que hoje. Só resta hoje. Puxa, que lástima.

1956

Tão amigos

– Que calor infernal – disse o garçom.

Parecia que o homem de azul ia afrouxar a gravata, mas finalmente deixou cair o braço para o lado. Em seguida, com olhos de sesta, examinou a rua através da vidraça.

– Não está certo – disse o garçom. – Em pleno outubro e esse calor assando a gente.

– Ora, não é para tanto – disse o de azul, sem ênfase.

– Não? Então, o que nos espera para janeiro?

– Mais calor. Não se aflija.

Da rua, um homem magro, de chapéu, olhou para dentro, com as mãos sobre os olhos para evitar o reflexo do vidro. Assim que o reconheceu, abriu a porta e se aproximou sorrindo.

O de azul não tomou conhecimento até o outro se colocar bem diante dele. Só então lhe estendeu a mão. O outro procurou, com uma olhada rápida, qual das quatro cadeiras disponíveis tinha o assento mais conveniente ao seu traseiro. Depois se sentou sem relaxar os músculos.

– Como vai? – perguntou, ainda sorrindo.

– Como sempre – disse o de azul.
Veio o garçom, resfolegando, tirar o pedido.
– Um café... fraco, por favor.
Durante um bom tempo ficaram calados, olhando para fora. Passou, entre outras, uma inquietante mulherzinha em roupa de trabalho e o recém-chegado se agitou na cadeira. Depois sacudiu a cabeça significativamente, como quem está em busca de um comentário, mas o de azul não tinha sorrido.
– Belo dia para ser rico – disse o outro.
– Por quê?
– A gente fica na cama, não pensa em nada, e à tardinha, quando volta a ficar mais fresco, começa de novo a viver.
– Depende – disse o de azul.
– É?
– Também se pode viver assim.
O garçom se aproximou, deixou o café fraco, e se afastou com as pernas abertas, para que ninguém ignorasse que a transpiração endurecia sua cueca.
– Estou com a minha mulher doente, sabe? – disse o outro.
– Ah, sim? E o que tem ela?
– Não sei. Febre. E lhe doem os rins.
– Trate que ela veja isso.
– Claro.
O de azul fez um aceno ao engraxate. Este cuspiu meio palito e se aproximou assobiando.
– Faz uns dias que você anda de tromba – disse o outro.
– Sim?
– Eu sei que a coisa é comigo.
O engraxate parou de engraxar e olhou de baixo com os dentes apertados, os olhos semicerrados.
– O que acontece é que você atropela.
– É mesmo?
– Se você cisma que alguém agiu mal não tem quem te segure. E você sabe por que é que eu fiz?
– Por que você fez o quê?

– Está vendo? Assim não dá. Que tal a gente falar com franqueza?
– Muito bem. Fale.

Ambos olhavam o sapato esquerdo que começava a brilhar. O engraxate deu o toque final e dobrou cuidadosamente seu trapo. "São vinte e cinco", disse. Pegou o dinheiro, deu o troco e se foi assobiando até outra mesa, enquanto voltava a mastigar a metade do palito que tinha conservado entre os molares.

– Você acha que eu não me dou conta? Você pôs na cabeça que eu falei com o Velho para te deixar mal.
– E?
– Não foi para isso, sabe? Eu não sou tão cretino...
– Não?
– Eu falei para me defender. Todos diziam que eu tinha entrado na gerência antes das nove. Todos diziam que eu tinha visto o maldito papel.
– É verdade.
– Mas eu sabia que você tinha entrado mais cedo.

Um garoto esfarrapado e malcheiroso se aproximou para oferecer pastilhas de menta. Nem sequer disseram não a ele.

– O Velho me chamou e disse que a coisa era grave, que alguém tinha traído um segredo. E que todos diziam que eu tinha visto o papel antes das nove.

O de azul não disse nada. Ajeitou cuidadosamente a calça e cruzou a perna.

– Eu não disse a ele que tinha sido você – continuou o outro, nervoso como se estivesse a ponto de sair correndo, ou de chorar. – O que eu disse foi que tinham estado lá antes de mim, nada mais... Você tem que acreditar.
– Acredito.
– Eu tinha que me defender. Se eu não me defendo, ele me despede. Você sabe que com ele não tem conversa.
– E faz bem.
– Claro, você diz isso porque é sozinho. Pode se arriscar. Eu tenho mulher.

– Foda-se.

O outro fez ruído com a xícara, como que para apagar a humilhação. Olhou para os lados, repentinamente pálido. Depois, ofegante, desconcertado, levantou a cabeça.

– Você tem que compreender. Ora, eu estou cansado de saber que você acaba comigo se quiser. Você tem como fazer isso. Eu ia atirar justamente contra você? Você não precisa fazer mais do que telegrafar a Ugarte e eu estou frito. Digo isso para você ver que me dou conta. Não ia atirar justamente contra você, que é unha e carne com o Rengo... Me entende, agora?

– Claro que te entendo.

O outro fez um gesto brusco, de tímido protesto, e sem querer empurrou o copo com o cotovelo. A água caiu para a frente, em cheio sobre a calça azul.

– Desculpe... é que eu estou nervoso.

– Não é nada. Logo seca.

O garçom aproximou-se, recolheu os maiores cacos de vidro. Agora parecia sofrer menos com o calor. Ou se esquecera de aparentá-lo.

– Pelo menos, me dê a tranquilidade de que você não vai telegrafar. A noite passada, não consegui pregar olhos...

– Olha... quer que eu te diga uma coisa? Esquece esse assunto. Tenho a impressão de que você me acha sórdido.

– Então... você não vai...

– Não se preocupe.

– Sabia que você ia entender. Te agradeço. De verdade, chê.

– Não se preocupe.

– Sempre disse que você era um bom sujeito. Afinal, era um direito seu telegrafar. Porque eu andei mal... reconheço... Devia pensar que...

– Você não consegue mesmo se calar?

– Tem razão. Melhor eu te deixar tranquilo.

Lentamente se colocou de pé, empurrando a cadeira com bastante ruído. Ia estender a mão, mas o olhar do outro o desanimou.

– Bem, tchau – disse. – E já sabe, estou sempre às ordens... qualquer coisa...

O de azul moveu apenas a cabeça, como se não quisesse expressar nada de concreto. Quando o outro saiu, chamou o garçom e pagou os cafés e o copo quebrado.

Durante cinco minutos permaneceu quieto, mordendo devagarinho uma unha. Depois se levantou, saudou com as sobrancelhas o engraxate, e abriu a porta. Caminhou sem pressa em direção à esquina. Examinou uma vitrine de gravatas, deu uma última tragada no cigarro e o jogou embaixo de um carro.

Depois atravessou a rua e entrou na agência dos telégrafos.

1956

A FAMÍLIA IRIARTE

Havia cinco famílias que ligavam para o Chefe. No turno da manhã eu era sempre encarregado do telefone e conhecia de memória as cinco vozes. Todos estávamos inteirados de que cada família era um programa e de vez em quando comparávamos nossas suposições.

Para mim, por exemplo, a família Calvo era gordinha, agressiva, com a pintura sempre maior que os lábios; a família Ruiz, uma cocota sem qualidades, com uma grande mecha sobre os olhos; a família Durán, uma intelectual magrela, do tipo cansada e sem preconceitos; a família Salgado, uma fêmea de lábios grossos, dessas que são puro sexo. Mas a única que tinha voz de mulher ideal era a família Iriarte. Nem gorda nem magra, com as curvas suficientes para tornar bendito aquele nosso dom natural do tato; nem muito teimosa nem muito dócil, uma verdadeira mulher, quer dizer: um caráter. Era assim que eu a imaginava. Conhecia seu riso franco e contagioso e a partir daí inventava seu gesto. Conhecia seus silêncios e sobre eles criava seus olhos. Negros, melancólicos. Conhecia seu tom amável, acolhedor, e disso inventava sua ternura.

No que diz respeito às outras famílias havia divergências. Para Elizalde, por exemplo, a Salgado era uma pequena sem pretensões; para Rossi, a Calvo era uma uva-passa; a Ruiz, uma veterana mais ao jeito de Correa. Mas em relação à família Iriarte todos concordávamos que era divina, mais ainda, todos tínhamos construído quase a mesma imagem a partir de sua voz. Tínhamos certeza de que se um dia ela chegasse a abrir a porta do escritório e simplesmente sorrisse, sem dizer uma única palavra, ainda assim iríamos reconhecê-la em coro, porque todos tínhamos criado o mesmo sorriso inconfundível.

O Chefe, que era um tipo relativamente indiscreto no que se referia aos assuntos confidenciais que caíam no escritório, passava a ser um túmulo de discrição e de reserva no que concernia às cinco famílias. Nessa seara, os nossos diálogos com ele eram de um laconismo desalentador. Nos limitávamos a atender a chamada, a apertar o botão para que a campainha soasse em sua sala, e a comunicar-lhe, por exemplo: "Família Salgado". Ele dizia simplesmente: "me passa", ou "diz que eu não estou", ou "pede para ligar em uma hora". Nunca um comentário, nem sequer uma brincadeira. E isso sabendo que éramos de confiança.

Eu não conseguia explicar por que a família Iriarte era, das cinco, a que chamava com menos frequência, às vezes a cada quinze dias. Claro que nessas ocasiões a luz vermelha que indicava "ocupado" não se apagava pelo menos durante um quarto de hora. Quanto teria representado, para mim, escutar durante quinze minutos seguidos aquela vozinha tão terna, tão graciosa, tão segura.

Uma vez me animei a dizer algo, não recordo o quê, ela me respondeu algo, não recordo o quê. Que dia! Desde então acalentei a esperança de falar um pouquinho com ela, e mais ainda, de que ela também reconhecesse a minha voz como eu reconhecia a sua. Uma manhã, me ocorreu dizer: "Pode esperar um instante até que eu consiga passar a ligação?" e ela me respondeu: "Claro, desde que você torne a espera agradável". Reconheço que nesse dia estava meio abobado, porque só consegui falar do tempo, do trabalho e de um projeto de mudança de horário. Mas em outra ocasião me enchi de coragem e conversamos sobre temas gerais ainda que com significados particulares. Daí em diante ela reconhecia minha voz e me saudava com um: "E aí, secretário?" que me desmontava por completo.

Alguns meses depois dessa mudança saí de férias para o leste. Há anos que essas minhas férias no leste tinham se tornado minha esperança mais sólida do ponto de vista sentimental. Sempre pensei que em uma dessas licenças iria encontrar a mulher em quem personificar meus sonhos íntimos e a quem destinar minha ternura latente. Porque eu sou decididamente um sentimental. Às vezes eu me reprovo, me digo que hoje em dia mais vale ser egoísta e calculista, mas é em vão. Vou ao cinema, engulo um desses dramalhões mexicanos com filhos naturais e pobres velhinhos, compreendo sem a menor dúvida que é idiota, e apesar disso não posso evitar que me venha um nó na garganta.

Agora, nessa história de encontrar a mulher no leste, eu me analisei muito e encontrei outros motivos não tão sentimentais. A verdade é que em um balneário, a gente só vê mulheres imaculadas, frescas, descansadas, dispostas a rir, a festejar tudo. Claro que em Montevidéu há mulheres imaculadas; mas as coitadas estão sempre cansadas. Os sapatos apertados, as escadas, os ônibus, as deixam amargas e suadas. Na cidade a gente praticamente ignora como é a alegria de uma mulher. E isso, ainda que não pareça, é importante. Pessoalmente, me considero capaz de suportar qualquer tipo de pessimismo feminino, diria até que me sinto com forças para aguentar toda espécie de choro, de gritos ou de histeria. Mas me reconheço muito mais exigente quanto à alegria. Há risadas de mulheres que, francamente, nunca pude suportar. Por isso em um balneário, onde todas riem desde que se levantam para o primeiro banho até saírem tontas do cassino, a gente sabe quem é quem e que risada é asquerosa e qual é maravilhosa.

Foi precisamente no balneário que eu voltei a ouvir sua Voz. Eu dançava entre as mesinhas de um terraço, à luz de uma lua a que ninguém dava a mínima. Minha mão direita repousava sobre as costas parcialmente descascadas que ainda não tinham perdido o calor da tarde. A dona daquelas costas ria e era uma boa risada, não tinha por que descartá-la. Sempre que podia, eu olhava para uns pelinhos loiros, quase transparentes, que ela tinha nas imediações da orelha e, na realidade, me sentia bastante comovido. Minha companheira falava pouco, mas sempre dizia algo tão insosso que me fazia apreciar seus silêncios.

Justamente, foi na agradável passagem de um desses momentos que ouvi a frase, tão nítida como se tivesse sido ressaltada especialmente para mim: "E você, que refresco prefere?". Não tem importância nem agora nem depois, mas eu lembro palavra por palavra. Tinha se formado um desses lentos e arrastados nós que o tango provoca. A frase tinha soado muito perto, mas naquele momento não consegui relacioná-la com nenhum dos quadris que tinham me roçado.

Duas noites depois, no Cassino, perdia uns noventa pesos e me deu a louca de jogar cinquenta em uma última bolinha. Se perdesse, paciência. Teria que voltar em seguida para Montevidéu. Mas saiu o 32 e me senti infinitamente reconfortado e otimista quando voltei a olhar as oito fichas de aro laranja que tinha apostado. Então, alguém disse em meu ouvido, quase como ao telefone: "É assim que se joga. Tem que arriscar".

Me virei, tranquilo, seguro do que ia dizer, e a família Iriarte que estava junto de mim era tão deliciosa como a que eu e os outros tínhamos inventado a partir de sua voz. Em seguida, foi relativamente simples pegar carona na sua própria frase, construir uma teoria do risco, e convencê-la a se arriscar comigo, a conversar primeiro, a dançar depois, a nos encontrarmos na praia no dia seguinte.

Desde então andamos juntos. Me disse que se chamava Doris. Doris Freire. Era rigorosamente certo (não sei por que motivo me mostrou sua identidade) e, além do mais, muito esclarecedor: eu sempre tinha pensado que as "famílias" eram apenas nomes de telefone. Desde o primeiro dia fiz para mim mesmo esse acordo de ocasião: era evidente que ela tinha relações com o Chefe, era não menos evidente que isso feria bastante meu amor-próprio; porém (percebam que belo porém) era a mulher mais encantadora que eu jamais conhecera e arriscaria perdê-la definitivamente (agora que o destino a tinha colocado no meu ouvido) se eu me agarrasse desmedidamente aos meus escrúpulos.

Além do mais, cabia outra possibilidade. Assim como eu tinha reconhecido sua voz, por que não poderia Doris reconhecer a minha? É verdade que ela sempre tinha sido para mim algo precioso, inalcançável, e eu, ao contrário, só agora entrava no seu mundo. No entanto, quando, em uma manhã, corri ao seu encontro com um alegre "E aí, secretária?", apesar de ela ter assimilado logo o golpe, rindo, me dando o braço e brincando comigo a respeito de uma morena em um *jeep* com que cruzamos, não pude deixar de perceber que tinha ficado inquieta, como se alguma suspeita a tivesse iluminado. Depois, ao contrário, começou a me parecer que ela aceitava filosoficamente a possibilidade de que fosse eu aquele que atendia suas ligações para o Chefe. E a segurança que agora se refletia em suas conversas, seus inesquecíveis olhares de compreensão e de promessas, me deram finalmente outra esperança. Estava claro que ela gostava de que eu não falasse do Chefe; e, embora menos claro, era provável que ela recompensasse minha delicadeza rompendo a curto prazo com ele. Eu sempre soube ver o olhar dos outros. E o de Doris era particularmente sincero.

Voltei ao trabalho. Dia sim, dia não, cumpri outra vez meus turnos matutinos, junto ao telefone. A família Iriarte não chamou mais.

Quase todos os dia me encontrava com Doris na saída de seu emprego. Ela trabalhava no Poder Judiciário, tinha um bom salário, era a funcionária chave da sua repartição e todos gostavam dela.

Doris não me escondia nada. Sua vida atual era desmedidamente honesta e transparente. Mas, e o passado? No fun-

do, bastava a mim que ela não me enganasse. Sua aventura
– ou o que fosse – com o Chefe, não ia por certo contaminar
minha ração de felicidade. A família Iriarte não tinha chamado mais. Que outra coisa eu podia pretender? O preferido era eu, não o Chefe, e logo ele passaria a ser na vida de
Doris aquela má recordação que toda mulher deve ter.
Eu tinha advertido Doris que não me ligasse no escritório. Não sei que pretexto encontrei. Francamente, eu
não queria arriscar-me a que Elizalde ou Rossi ou Correa
atendessem sua chamada, reconhecessem sua voz e fabricassem na sequência uma dessas interpretações ambíguas
a que eram tão chegados. O certo é que ela, sempre amável
e sem rancor, não colocou objeções. Eu gostava que ela fosse assim tão compreensiva em relação a esse tema tabu, e
agradecia de verdade que ela nunca tivesse me obrigado a
entrar em explicações tristes, com palavras infames que
sujam tudo, que destroem toda boa intenção.

Levou-me à sua casa e conheci sua mãe. Era uma mulher
boa e cansada. Fazia doze anos que tinha perdido o marido e
ainda não tinha se recuperado. Olhava para mim e para Doris
com uma complacência mansa, mas às vezes seus olhos se enchiam de lágrimas, talvez ao recordar algum detalhe longínquo
de seu namoro com o senhor Freire. Três vezes por semana, eu
ficava até as onze, mas às dez ela discretamente dizia boa noite e se retirava, de modo que sobrava uma hora para Doris e eu
nos beijarmos à vontade, falar do futuro, calcular o preço dos
lençóis, o número de quartos que precisaríamos, exatamente
como outros cem mil casais, espalhados pelo território da república, que nessa mesma hora estariam trocando projetos e
carinhos parecidos. Nunca a mãe fez referência ao Chefe nem
a ninguém relacionado sentimentalmente com Doris. Sempre
me dispensou o tratamento que todo lar honrado reserva ao
primeiro namorado da menina. E eu deixava que fosse assim.

Às vezes não podia evitar certa complacência sórdida
por saber que havia conseguido (para meu uso, para meu
deleite) uma dessas mulheres inalcançáveis que só as pos-

suem ministros, homens públicos, funcionários de importância. Eu: um auxiliar de secretaria.

Doris, é justo registrar, estava cada noite mais encantadora. Comigo, não regateava sua ternura; tinha um modo de me acariciar a nuca, de me beijar o pescoço, de sussurrar pequenas delícias enquanto me beijava que, francamente, eu saía dali embriagado de felicidade e, por que não dizer, de desejo. Depois, sozinho e insone no meu quarto de solteiro, me amargurava um pouco pensando que essa refinada perícia provava que alguém tinha atendido cuidadosamente a esse noviciado. E afinal, era uma vantagem ou uma desvantagem? Eu não podia evitar a lembrança do Chefe, tão circunspecto, tão respeitável, tão incrustado em sua respeitabilidade, e não conseguia imaginá-lo como esse invejável instrutor. Havia outros, então? Mas quantos? Especialmente, qual deles lhe havia ensinado a beijar assim? Sempre terminava por lembrar a mim mesmo que estávamos em mil novecentos e quarenta e seis e não na Idade Média, que agora era eu quem importava para ela, e acabava deprimido abraçado a uma almofada, como em uma vasta antecipação, e débil substituição de outros abraços que figuravam em meu programa.

Até vinte e três de novembro tive a sensação de estar deslizando irremediável e graciosamente para o casamento. Era um feito. Faltava conseguir um apartamento do jeito que eu gostava, com ar, luz e amplas janelas. Tínhamos saído vários domingos em busca desse ideal, mas quando achávamos algo parecido, era caro demais ou ficava longe de condução ou o bairro parecia a Doris afastado e triste.

Na manhã de vinte e três de novembro eu cumpria meu turno. Fazia quatro dias que o Chefe não aparecia para despachar; de modo que me achava só e tranquilo, lendo uma revista e fumando meu cigarro. De repente, senti a porta se abrir atrás de mim. Preguiçosamente, me virei e vi, assomada e interrogativa, a adorável cabecinha de Doris. Entrou com um certo arzinho culpado porque – segundo disse – pensou que eu fosse me zangar. O motivo da sua presença no escritório era que finalmente tinha encontrado um apartamento com o jeito e o aluguel que buscávamos. Tinha feito um projeto esmerado e o apresentava satisfeita. Estava primorosa com um vestido leve e aquele cinto largo que marcava sua cintura melhor que qualquer outro. Como estávamos sós, sentou-se sobre a minha escrivaninha, cruzou as pernas e começou a me perguntar qual era o lugar de Rossi, qual o de Correa, qual o de Elizalde. Não conhecia pessoalmente nenhum deles, mas estava a par de suas façanhas e anedotas através das minhas versões caricaturais. Ela tinha começado a fumar um de meus cigarros e eu tinha suas mãos entre as minhas quando tocou o telefone. Peguei o aparelho e disse: "Alô". Então o telefone disse: "Que tal, secretário?" e aparentemente tudo seguiu igual. Mas nos segundos que durou a chamada e enquanto eu, só meio recuperado, perguntava maquinalmente: "Que é da sua vida depois de tanto tempo?" e o telefone respondia: "Estive de viagem no Chile", na verdade nada seguia igual. Como nos últimos instantes de um afogado, desfilavam pela minha cabeça várias ideias sem ordem nem equilíbrio. A primeira delas: "Quer dizer que o Chefe não teve nada com ela", representava a dignidade triunfante. A segunda era, mais ou menos: "Mas então Doris..." e a terceira, textualmente: "Como pude confundir aquela voz?".

Expliquei ao telefone que o Chefe não estava, disse adeus, desliguei. Sua mão continuava na minha mão. Então levantei os olhos e sabia o que ia encontrar. Sentada sobre a minha escrivaninha, fumando como qualquer dondoca, Doris esperava e sorria, ainda agarrada àquele ridículo projeto. Era, naturalmente, um sorriso vazio e superficial, igual ao de todo mundo, e com ele ameaçava me aborrecer daqui até a eternidade. Depois eu trataria de encontrar a verdadeira explicação, mas enquanto isso, no recanto mais insuspeito da minha consciência, pus ponto final a esse mal-entendido. Porque, na realidade, estou enamorado da família Iriarte.

1956

Retrato de Elisa

Tinha montado o cavalo do Presidente Tajes; tinha vivido em uma casa de quinze cômodos com um cocheiro e quatro criadas negras; tinha viajado para a França aos doze anos e ainda conservava um livro encadernado com pele humana que um coronel argentino havia dado de presente a seu pai em fevereiro de mil oitocentos e setenta e quatro. Agora não tinha nem um tostão, vivia da abominável caridade de seus genros, usava um pequeno xale de lã preta e sua pensão de trinta e dois pesos estava minguada pela amortização de dois empréstimos. Não obstante, ainda restava o passado para alinhavar lembrança com lembrança, acomodar-se no luxo que se fora, e juntar forças para odiar escrupulosamente sua miséria atual. A partir da segunda viuvez, Elisa Montes execrava com toda a sua incrível energia aquele lento desfilar de dia após dia. Aos vinte anos, tinha se casado com um engenheiro italiano, que lhe deu quatro filhos (duas mulheres e dois homens) e morreu muito jovem, sem revalidar seus papéis nem lhe deixar pensão. Nunca teve muito apreço por esse primeiro marido, agora imobilizado em fotos amarelecidas, com agressivos bigodes *à la* Napoleão III e olhinhos cheios de nervos, modos finos e asfixiantes problemas de dinheiro.

Já naqueles anos, ela falava o tempo todo de seu antigo cocheiro, suas criadas negras, seus quinze cômodos, a fim de que o homem se sentisse fustigado e insignificante em seu modesto lar com um jardinzinho e sem sala. O italiano era calado; trabalhava até de madrugada para alimentar e vestir a todos. Por fim não aguentou mais e morreu de tifo.

Naquela desgraçada ocasião, Elisa Montes não pôde recorrer a seus parentes, pois estava brigada com seus três irmãos e com suas três cunhadas; com estas, porque tinham sido costureiras, empregadinhas, qualquer coisa; com aqueles, porque lhes haviam dado o nome. Quanto aos bens familiares fazia tempo que o defunto pai os tinha dilapidado em jogo e más aplicações.

Elisa Montes optou por recorrer a velhas amizades, depois ao Estado, como se umas e outro tivessem a obrigação de protegê-la, mas descobriu que todos (o Estado inclusive) tinham suas próprias penúrias. Nesse terreno as conquistas se limitaram a algumas notinhas aqui e ali e à humilhação de aceitá-las.

De modo que quando apareceu dom Gumersindo, o estancieiro analfabeto, também viúvo, mas com vinte e poucos anos a mais, ela tinha se resignado a fazer rendilhados que colocava nas lojas mais importantes, graças à recomendação da senhora de um general colorado (que ganhara relevo na eclosão da última quartelada) com a qual tinha brincado de diabolô e outros jogos em longínquos outonos de uma doce, impossível modorra.

Fazer rendilhados era o começo da decadência, mas escutar as insinuações torpes e as gargalhadas estomacais de dom Gumersindo, significava a decadência total. Tal teria sido a opinião de Elisa Montes se isso tivesse acontecido com alguma de suas poucas amigas, mas dado que se tratava dela mesma, teve de buscar um atenuante e aferrar-se obstinadamente a ele. O atenuante – que passou a ser um dos grandes temas de sua vida – se chamou: os filhos. Pelos filhos, pôs-se a fazer rendilhados; pelos filhos deu ouvidos ao estancieiro.

Durante o breve namoro, dom Gumersindo Olmedo cortejou-a usando a mesma ternura que dedicava a suas vacas, e na noite em que, recorrendo a seu maciço vocabulário, enumerou a lista de seus bens, ela acabou por decidir-se e aceitou o pesado anel. Entretanto, seus filhos homens já estavam crescidos: Juan Carlos tinha dezoito anos, tinha cursado três de inglês e dois de italiano, mas vendia plantas na feira dominical; Aníbal Domingo tinha dezesseis e cuidava dos livros de uma empresa de entregas. As meninas, que eram dóceis, práticas e de boa aparência, foram para o campo acompanhando a mãe e o padrasto.

Foi ali que teve lugar a primeira surpresa: Olmedo, na sua astúcia rudimentar, tinha declarado as vacas, os campos de pasto, até a conta bancária, mas de modo nenhum os três robustos filhos do seu primeiro casamento. Desde o primeiro dia, esses comeram com os olhos as duas irmãs, que, apesar de cheinhas e exageradamente coquetes, ainda não tinham saído da puberdade. Elisa teve que intervir em duas oportunidades a fim de que a urgência libidinosa dos rapazes não atingisse as menores.

Instalado em sua estância, o velho não era o mesmo bruto inofensivo que tinha cortejado Elisa em Montevidéu. Rapidamente, as meninas e a mãe aprenderam que não era para rir quando o viam se aproximar pelo pátio de pedra, as pernas muito abertas e os bicos das botas apontados para fora. Em seu feudo, o homem sabia mandar. Elisa, que havia se casado pelos filhos, resignou-se a que as meninas e ela mesma passassem fome, porque Olmedo não soltava nem um vintém e se encarregava pessoalmente das escassas compras. Tinha a obsessão do aproveitamento das horas livres, e por mais que, para um estranho, sua avareza pudesse parecer divertida, as irmãs não eram da mesma opinião quando o padrasto as mantinha ocupadas durante horas a desentortar pregos.

    Ali Elisa começou sua ladainha favorita e nas noites de sexo e mosquiteiro se permitia recordar a Olmedo as excelências de seu primeiro marido. O velho suava e nada mais. Tudo parecia indicar que seria forte o bastante para resistir às maldições. Mas cinco dias depois do sexto aniversário começou a sentir uma dor de estômago que o derrubou, primeiro ao leito e oito meses mais tarde ao panteão familiar.

    Nesses oito meses Elisa cuidou dele, trouxe-o para Montevidéu e desejou com fervor que ele arrebentasse de uma vez. Mas foi aqui que Gumersindo aprontou o melhor de seus golpes. Os três médicos que o atenderam foram informados de que, sim, podiam fazer aplicações de rádio. O rádio era tremendamente caro e oito meses de aplicações e de hospital bastaram para que Olmedo consumisse sua fazenda antes de morrer. Pagos os médicos, as dívidas e o enterro, acertadas algumas diferenças com seus enteados, ficaram para Elisa aproximadamente quatrocentos pesos, que significavam um preço excessivamente módico para ter alienado sua preciosa dignidade familiar.

    Elisa ficou em Montevidéu e tentou voltar aos rendilhados. Mas o general colorado cuja esposa a tinha recomendado às grandes lojas se consumia agora em um honroso exílio representando artigos de escritório em Porto Alegre. Já não era possível decair mais.

    Abaixo dos rendilhados estava a ralé e Elisa tinha um agudo sentido das hierarquias. De modo que colocou as filhas para trabalhar. Josefa e Clarita viraram costureiras de calças para militares. Pelo menos isso, pensava Elisa, pelo menos encostar-se no exército. Ela, por seu lado, começou a importunar obstinadamente Ministros, Diretores de Repartições, Chefes de Seção, Porteiros e até os barbeiros dos próceres.

    Dois anos depois de se tornar insuportável em qualquer antessala, obteve uma inacreditável pensão cujos fundamentos ninguém conhecia ao certo. Teve a felicidade de casar suas filhas no mesmo ano e desde então se dedicou aos genros. O marido de Josefa era um tipo tranquilo, comilão. Tinha herdado do pai uma loja de ferragens de bairro, e ele, sem reformar o menor detalhe, sem acrescentar um único benefício, ia empurrando o negócio pelo mesmo caminho de sempre. O outro genro, marido de Clarita, era um fogoso tenente de artilharia, que dizia bom dia com a música de "Em frente, marche" e que, nos momentos de ócio, escrevia o segundo tomo de uma história da Grande Guerra. Elisa foi viver com os filhos solteiros, mas passava os fins de semana com as filhas casadas. Sua influência não se limitava ao sábado ou ao domingo. Quase todas as brigas entre o tenente e Clarita tinham origem em alguma frase inocente pronunciada por Elisa entre o fiambre e os raviólis do último domingo; e quase todas as gozações da parte de Josefa, que o paciente ferrageiro tinha que suportar, se deviam a algum sussurro escapado da sogra no ouvido predisposto da rapariga, quando o marido já se retirara para desfrutar da sesta de sábado.

No tenente, Elisa reprovava a rigidez, as ideias políticas, os modos à mesa, a paixão pela história, a ânsia por viajar, os resfriados, a pequena estatura. No ferrageiro, por sua vez, recriminava a brandura, o conformismo, a saúde a toda prova, a inocuidade política, o gosto pelos mariscos, a risada aos solavancos, a abundância de anéis.

Poucas vezes se reuniam todos em uma mesa familiar, mas bastou uma só ocasião em seis meses para que Elisa embarcasse seus genros em uma discussão acirrada sobre a batalha do Marne, da qual saíram inimizados para sempre. O tenente (perdão, agora o capitão) também não falava com seus dois cunhados, porque Elisa tinha comentado fartamente com o genro sobre a imensa ociosidade desenvolvida por Juan Carlos e Aníbal Domingo, enquanto a Juan Carlos e a Aníbal Domingo tinha comunicado que o cunhado era da opinião de que se tratava de um par de folgazões. Por outro lado, os anos trouxeram netos e os netos, desgostos. Os dois varões do ferrageiro, de sete e oito anos respectivamente, tentaram enfiar os dedinhos da filhinha do capitão em uma tomada elétrica, mas foram vistos por Elisa, que os conteve e pegou a criança. Mais tarde, entregou a Clarita a culpa dos meninos e ainda lhe sobrou ânimo para conseguir uma sova neles, não do pai, mas do tio militar, de modo a que o corretivo servisse também para que os concunhados se insultassem aos gritos e que eclodisse também em Josefa e Clarice o anacronismo de um ciúme a duras penas filial e curiosamente retrospectivo.

Em cada visita a suas filhas, Elisa recebia delas, como um confessor, um boletim atualizado de seus ressentimentos. Pregava uma tolerância permanente "salvo se te ofenderem em algo muito sagrado". Naturalmente, o que é mais sagrado do que a mãe? Nesse caso, deviam dizer algumas verdades, recordar ao tenente por exemplo que o avô dele era um padre; ao ferrageiro, que o tio tinha se suicidado por fraudes. Se isso os ofendesse, melhor, muito melhor; um homem alterado ("poderias aprender dos meus padecimentos com teu pai e com o outro") sempre é mais fácil de conduzir, de pegar em contradições, de fazê-lo pronunciar alguma idiotice irreparável. O mal é que às vezes perdiam as estribeiras e recorriam à força, mas que não havia porque desanimar. Uma bofetada recebida era sempre uma boa inversão: significava, pelo menos, um longo semestre de concessões e arrependimentos.

Mas Elisa não tinha levado em conta o sexo. É verdade que em seus dois casamentos tinha desfrutado menos que uma tábua. Mas as filhas tinham sido melhor agraciadas e não desperdiçavam suas boas noites. Os genros eram derrotados na vigília com os argumentos que Elisa colocava nos lábios de suas filhas, mas venciam no leito com os argumentos que Deus lhes dera. Era – é verdade – uma luta desigual.

Com vergonha, mas sem titubeios, com a convicção de que jogavam nisso seu mais desejado prazer, as filhas suplicaram a ela que não viesse mais, que elas preferiam ir vê-la de vez em quando. Josefa, que tinha sido sua preferida, não apareceu nunca, mas Clarita às vezes lhe escrevia ou se encontrava com ela no centro.

Elisa ficou sozinha com Aníbal Domingo, que estava se tornando um homem duro e avesso a namoros. Juan Carlos era caixeiro-viajante, e vinha por algumas horas uma vez por quinzena. Mas como essas horas eram de recriminações e suspeitas ("quem sabe com que perdidas você anda agora?"), acabou por fixar-se no interior e vir a Montevidéu duas ou três vezes por ano.

Quando a dor apareceu, Elisa Montes não tentou se enganar. Era, evidentemente, o mesmo mal que tinha acometido Gumersindo. Pediu ao médico que lhe dissesse a verdade e o médico a deu com pormenores, como se estivesse se desafogando por todas as outras vezes em que tinha sentido comiseração. Sabendo-se irremediavelmente perdida, não lhe ocorreu, como a tantos outros, fazer um exame de consciência, indagar sua verdade. Nos momentos em que a morfina mitigava seu sofrimento, ainda revolvia com restos de fruição as vidas inócuas que a tinham rodeado. Em outros, quando a horrível pontada apertava, nem sequer se sentia com ânimo para fingir, já que aquilo era realmente atroz.

Aníbal Domingo, tímido, inerte e serviçal, a assistia sem fervor e recebia suas blasfêmias. Só um tipo assim, seco, insensível, podia aguentar até o fim esse processo de perecimento, de solidão, de esquecimento. Mas mesmo ele experimentou certo alívio quando uma manhã a encontrou sem vida, encurvada e implacável, como se a última paz a tivesse rejeitado.

Não publicou anúncios, mas chamou as irmãs, Juan Carlos, os cunhados; teve preguiça de ir atrás dos velhos tios. Todos ficaram sabendo, no entanto; até Juan Carlos, que depois alegou não ter recebido o telegrama a tempo. Mas só vieram o capitão e o ferrageiro. Atrás do carro funerário, modesto e quase sem flores, ia o coche dos parentes. Fazia anos que os três homens não se dirigiam a palavra, e tampouco falavam agora. O capitão olhava fixo para a rua, como assombrado porque alguma mulher se persignara à passagem daquele cortejo mesquinho.

Aníbal Domingo contemplava hipnotizado a nuca enrijecida do chofer, mas às vezes abarcava também o espelho retrovisor onde se via, sempre à mesma distância, o outro coche enviado pela funerária e que ninguém tinha querido aproveitar. A Aníbal Domingo ocorreu que por culpa da morta não tivera namoradas, e ainda não tinha se acostumado a essa agradável revelação.

O setor novo do Cemitério do Norte estava coberto por um sol alegre: aqui e ali, a terra removida, como se fosse para cultivo. Ao descer do coche, o ferrageiro tropeçou e os outros dois o pegaram pelo braço para sustentá-lo. Ele disse "obrigado" e a tensão diminuiu.

Em uma ala, sobre o capim, tinham depositado um caixão muito liso com quatro alças. Os parentes se aproximaram, mas o chofer teve que ajudá-los, porque faltava um. Avançaram devagar, como se estivessem à frente de um grande cortejo. Depois, saíram do caminho principal e se detiveram em frente a uma cova simples, exatamente igual a outras quinze ou vinte que também esperavam. Depois de um golpe seco, o caixão ficou imóvel no fundo. O chofer assoou o nariz, dobrou o lenço como se estivesse limpo, e recuou devagar até o caminho.

Então, os outros se olharam, inexplicavelmente solidários, e nada lhes impediu de jogar os punhados de terra com os quais aquela morte se igualou às outras.

1956

Os namorados

1.

No começo eu a cumprimentava da minha calçada e ela me respondia com um aceno nervoso e ligeiro. Depois seguia aos saltos, batendo nas paredes com os nós dos dedos, e, ao chegar à esquina, desaparecia sem olhar para trás. Desde o começo gostei de seu rosto comprido, sua agilidade desdenhosa, sua impressionante jaqueta azul que mais parecia ser de menino. María Julia tinha mais sardas na face esquerda que na direita. Sempre estava em movimento e parecia empenhada em divertir-se. Também tinha tranças, umas tranças de cor de palha de vassoura que ela gostava de usar caídas para a frente.
Mas, quando foi isso? O velho já tinha aberto o armarinho e mamãe ligava o gramofone para copiar a letra de *Melenita de Oro*, enquanto eu esfriava meu traseiro sobre algum dos cinco degraus de mármore que davam para os fundos; Antonia Pereyra, a professora particular das segundas, quartas e sextas, fazia um insultante risco vermelho sobre meu inocente caderno de lições, e às vezes resmungava: "Ah, Jesus, doze anos e não sabe o que é um denominador comum". Doze anos. De modo que era em 1924.

Morávamos na rua principal. Mas toda a avenida 18 de Julio em um povoado de oitenta quarteirões, é bem pouca coisa. Na hora da sesta, eu era o único que não dormia. Quando olhava através da veneziana, transcorria às vezes um sufocante quarto de hora sem que nenhum ser vivente passasse pela rua. Nem sequer o cachorro do senhor comissário que, segundo dizia e repetia a negra Eusebia, era muito menos cachorro do que o senhor comissário.

Em geral, eu não perdia tempo nessa inércia contemplativa; depois do almoço ia para o sótão e, em vez de estudar o denominador comum, lia Júlio Verne como um possesso. Lia sentado no chão, incomodamente inclinado para a frente, com a previsível consequência de umas boas câimbras nas panturrilhas ou uma opressão muscular no estômago. Bem, o que importava. Além do mais, era um prazer fechar a porta que me comunicava com o mundo e com mamãe, não porque eu fosse um solitário por vocação, nem sequer por vergonha ou ressentimento. Era apenas um desfrute dispor de duas horas para mim mesmo, construir para mim uma intimidade entre aquelas paredes rugosamente brancas, e acomodar-me na réstia de sol, cuidando, claro, para que Verne permanecesse na sombra.

A doce modorra, o silêncio compacto dessas tardes, eram aliviados por vozes longínquas, gritos que eram quase sussurros, ruídos indecifráveis, e ainda umas buzinas tão fanhosas como nunca mais voltei a escutar. À minha frente, era um céu quieto, sem uma nuvem, como outra parede. Às vezes, essa monotonia celeste me deixava com as pálpebras pesadas e minha cabeça acabava por inclinar-se para um lado, pelo menos até encontrar a parede e o pó de cal encher minha orelha.

Não guardo uma grande saudade da minha infância. Em compensação, conservo uma melancólica recordação daquele sótão vazio, sem móveis nem estantes, com suas paredes toscas, seu céu incandescente e seu piso de uma esmaecida cor de beterraba.

A solidão é um precário substituto da amizade. Eu não tinha amigos. Os gêmeos de Aramburu, o filho do boticário Vieytes, o Tito Lagomarsino, os primos Alberto e Washington Cardona, vinham com frequência à minha casa, já que nossas mães mantinham uma antiga relação cheia de hábitos comuns, de mexericos cruzados, de comunhões compartilhadas. Assim como hoje se fala de profissionais da mesma categoria, em 1924 as mulheres de uma capital de província sentiam-se amigas a partir de seu encontro em uma única categoria histórica: a da primeira comunhão. Confessar, por exemplo: "Fiz a primeira comunhão junto com Elvira e com Teresa", significava, clara e simplesmente, que as três estavam unidas por um vínculo quase indestrutível, e se alguma vez, por um imprevisto azar que podia tomar a forma de uma viagem repentina ou de uma paixão avassaladora, uma companheira de comunhão se afastasse do grupo, de imediato sua atitude insensata era incorporada à lista das mais incríveis traições.

Que as nossas mães fossem amigas e se beijocassem toda vez que se encontravam na praça, no Club Uruguay, nos Magazine Gutierrez, na aveludada penumbra de suas tardes de visitas, nada disso era suficiente para decretar uma gentil convivência entre os mais ilustres de seus rebentos. Qualquer um de nós que acompanhasse a mãe em alguma das suas visitas semanais, depois de pronunciar um respeitoso "Eu, bem, e a senhora, dona Encarnación?", passava imediatamente aos fundos para brincar com os filhos da dona da casa. Brincar significava no mais das vezes apedrejar-se de árvore em árvore, ou, em melhores ocasiões, acabar aos socos, espojados na terra, os bolsos rasgados, as lapelas murchas. Se eu não brigava com mais assiduidade era por medo de que María Julia ficasse sabendo. Do alto de suas sardas, María Julia contemplava o mundo com um sorriso de plena compreensão, e o curioso é que essa compreensão abarcava também o grupo de adultos.

Era um ano mais nova que eu; no entanto, quando falava com ela tinha que vencer antes a mesma dose de timidez que complicava minha relação com os meus pais, com Antonia Pereyra, com os respeitáveis em geral.

Ela vivia na rua Trinta e Três, a quatro quadras da praça, mas passava muito frequentemente (no mínimo, três vezes por tarde) pela porta do armarinho. Ao menos, era isso que eu tinha ouvido mamãe e Eusebia dizerem, mas a morte de seus pais era um tema proibido. O Tito Lagomarsino trouxe a versão que circulava na cozinha de sua casa: que o pai, antigo empregado da Sucursal do Banco República, tinha falsificado quatro assinaturas e tinha se suicidado antes de alguém descobrir o pequeno desfalque de vinte e cinco mil pesos. Segundo a mesma fonte de rumores, pouco depois "a mãe tinha morrido de desgosto".

Havia, portanto, dois sentimentos muito diversos, quase contraditórios, nas relações das pessoas com María Julia: a piedade e o desprezo. Era a filha de um trapaceiro, estava portanto desonrada. De modo que acabava não sendo uma companhia especialmente desejável, nem sequer uma aceitável companheira de brincadeiras para a nata das filhas naquele pequeno povoado. Apesar disso, era uma inocente, e essa teoria tinha sido convenientemente difundida pelo padre Agustín, um sacerdote barrigudo e galego, que aproveitava suas copiosas recomendações de piedade para carregar as tintas sobre o suicida, "um ímpio que jamais pisara os umbrais da casa de Deus". O resultado dessa dualidade era que as boas famílias estavam sempre dispostas a sorrir para María Julia quando a encontravam na rua, inclusive a passar a mão sobre seus cabelos em desalinho, e depois murmurar: "Pobrezinha, ela não tem culpa". Com isso cumpriam a quota de misericórdia cristã, e ao mesmo tempo reservavam forças para quando chegasse a hora de fechar todas as portas de todas as casas, separá-la de todas as confrarias infantis e fazê-la sentir que estava, digamos, marcada.

2.

Se dependesse apenas de minha mãe, estou certo de que não teria podido me encontrar amiúde com María Julia. Minha mãe tinha uma capacidade normal de compaixão e de compreensão; não se enquadrava no que Eusebia chamava de coração petrificado, mas era, sim, uma escrava das convenções e dos ritos daquela orgulhosa élite de negociantes, boticários, lojistas, bancários, funcionários públicos. Mas o assunto também dependia de meu pai, que, ainda que fosse um mal-humorado, um tímido, um neurastênico, de modo algum suportava essas variantes infames da injustiça. Claro que em sua paixão pelo correto, havia também um quê de obstinação; não se podia estar muito seguro quanto a esse impreciso limite em que ele deixava de ser exclusivamente digno, para ser, sobretudo, simplesmente teimoso.

Bastou, portanto, que, no decorrer de um jantar, mamãe manifestasse a apreensão com que a aristocracia local via a presença da filha do trapaceiro para que o velho se pusesse automaticamente ao lado da pequena.

E ali terminou minha solidão. Não a solidão angustiante e amarga que viria a se converter em mal endêmico dos meus trinta anos, mas a solidão atraente e buscada, a solidão exclusiva que todas as tardes me esperava no sótão, esse reduto até o qual chegava o pulso tranquilo da sesta do povoado, da sesta total. Àquele feudo da minha primeira, entranhada intimidade, teve acesso um dia a jaqueta azul de María Julia. E María Julia, claro. Mas a jaqueta azul foi o que mais me impressionou; todo seu contorno ressaltava sobre a cal das paredes e até parecia estar entalhado em um halo celeste, de limites vacilantes.

Ela chegou uma tarde, autorizada por meu pai para brincar comigo, e a perturbadora novidade de tê-la ali, somada à preocupação de vencer minha timidez, não me deixaram compreender, em um primeiro momento, o vacilo que isso significava. Porque María Julia penetrou em terra conquistada e ali se instalou, como se seus direitos sobre o sótão fossem equivalentes aos meus, quando em verdade ela era uma recém-chegada e eu, ao contrário, tinha levado um ano e meio a imaginar em todos os seus detalhes aquela espécie de refúgio inexpugnável, em que cada mancha na parede tinha um contorno que para mim representava algo: o rosto de um velho contrabandista, o perfil de um cachorro sem orelhas, a proa de uma escuna. A rigor, a invasão de María Julia só teve efeito sobre as paredes reais, o céu azul, a janela real. Como esses países momentaneamente subjugados que, por debaixo das botas do invasor, mantêm uma vivência subterrânea de suas tradições, era assim que eu preservava, em absoluto sigilo, tudo quanto havia imaginado com respeito ao sótão, ao meu sótão. María Julia podia olhar as paredes, mas não podia ver o que representava cada mancha; podia talvez escutar o céu, mas não sabia reconhecer naquele silêncio a distante chamada das buzinas, os amortecidos fragmentos dos gritos. Às vezes, apenas para confirmar a posse da minha zona privada, perguntava a ela o que podia representar esta ou aquela mancha. Ela olhava a parede com olhos bem abertos, e logo, com voz de quem dita uma lei, emitia com lacônica certeza: "É uma cabeça de cavalo", e ainda que eu soubesse que na realidade era uma cabeça de cachorro sem orelhas, nem por isso deixava que em minha boca se formasse qualquer sorriso de presunção ou de desprezo.

    Mas nem todo aquele período esteve tomado por seus ares de dominadora ou minha estratégia de dominado. Em algumas ocasiões María Julia deixava escapar imprevistamente alguma confidência. Creio que no fundo de seu orgulho nervoso, ela reconhecia em mim a condição e o direito de ser seu primeiro e único confidente. "Eu sei que em todo o povoado me olham como se olha um bicho raro. E sabe por quê? Porque papai deu um calotinho no banco e depois se matou." Assim ela chamava o desfalque: não de calote mas de calotinho. Dizia isso com uma naturalidade cuidadosa-

mente fabricada, como se em vez de mortes e delitos estivesse falando de joguinhos ou de festinhas de aniversário.
"A tia sempre diz que o que as pessoas reprovam no meu pai não é o calotinho mas o suicídio."
A mim, o tema deixava bastante confuso. Em casa, não existia o hábito de chamar as coisas pelo seu nome. A arma preferida de mamãe era o rodeio; o velho, por sua vez, usava e abusava do silêncio lunático. Por isso, ou quem sabe por quê, o certo é que eu não tinha o costume da franqueza, de forma que não podia responder de imediato quando María Julia me pressionava com perguntas como esta: "E você, o que acha? O suicídio e uma covardia?". Onze anos. Tinha onze anos e perguntava isso. Claro, eu me obrigava a interrogar-me. Às vezes, quando ela ia embora e eu ficava sozinho, punha-me a pensar tensamente, trabalhosamente, e ao cabo de meia hora não tinha conseguido solucionar nenhum problema de metafísica infantil, mas em troca tinha conseguido uma dor de cabeça estritamente adulta.

Definitivamente, não podia imaginar o suicídio. Tampouco a morte pura e simples. Mas pelo menos a morte era algo que um dia chegava, algo não buscado. O suicídio, pelo contrário, era sentir gosto por esse estéril, repugnante nada, e isso era horrível, quase uma loucura. Que essa loucura fosse também coragem, ou simplesmente covardia, significava para mim um problema apenas secundário.

Não vá pensar, no entanto, que fôssemos criaturas anormais, desses pequenos monstros que em qualquer época e em qualquer família se erguem de pronto para subverter o sistema e os ritos da infância, monstrengos raros que em vez de brincar com bonecas ou com piões, extraem mentalmente raízes quadradas ou conversam sobre silogismos. Não. Só agora aqueles temas solenes adquirem para mim uma importância que então não tinham; só meus contatos posteriores com o mistério ou a morte dão uma auréola de morte ou de mistério a nossos diálogos de então. Quando eu tinha doze anos e ela onze, o suicídio, o nada, e outros rótulos não menos assustadores, representavam apenas uma breve interrupção na leitura ou na brincadeira.

A imagem esclarecedora chegou em um sábado à tarde, não em meu sótão mas na praça. Eu vinha com minha mãe do Magazine Gutiérrez. Em frente ao busto de Artigas, minha mãe e a tia dela se cumprimentaram e todos nos detivemos. Era uma experiência nova, nos vermos e nos falarmos em público. Em realidade, só nos vermos. Enquanto as mulheres falavam, ela e eu permanecíamos calados e quietos, como dois objetos. No momento não compreendi bem. Eu era tímido, isso estava claro, mas e ela? De repente, a tia nos olhou e disse para minha mãe: "Viu, dona Amelia? São inseparáveis". Maldita a graça que ela fez para minha mãe. "Sim, são bons companheiros", assentiu com angústia. Mas a outra não se deixava levar assim tão fácil: "Muito mais que bons companheiros, são realmente inseparáveis". E acrescentou com uma piscada de impertinente cumplicidade: "Quem sabe, hein, dona Amelia, o que dirá o futuro?". Toda a zona do pescoço fora da jaqueta azul ficou vermelha, tomada por enormes manchas. Eu senti um súbito calor nas orelhas. Mas a essa altura já soava outra vez a voz áspera e ao mesmo tempo atrevida: "Olha, dona Amelia, como eles ficam vermelhos". Então mamãe me agarrou pelo ombro e disse: "Vamos". Todos dissemos adeus, mas eu olhava fixo para o busto de Artigas. Só depois, quando mamãe e eu entramos na Farmácia Brignole para comprar um carbonato de cal mentolada, só então me dei conta de que havia adquirido uma certeza.

De modo que dois dias depois, no sótão, o que se passou foi uma mera confirmação. Eu lia *Bertoldo, Bertoldino y Cacaseno*; era divertido, mas eu não ria. Nunca pude rir quando leio em voz baixa. De repente levantei os olhos e encontrei o olhar de María Julia. Vi que mordia o lábio superior. Me sorriu, nervosa. "Você não está conseguindo ler, não é mesmo?" Claro que eu conseguia ler. Mas, sei lá por quê, não quis contrariá-la, e meneei a cabeça. "Sabe por quê?" Fiquei imóvel, esperando. "Porque somos namorados." Eu fechei o livro e o deixei de lado. Depois, suspirei.

3.

"Um homem correto", disse Amilcar Arredondo, indicando o caixão. Quisera ter levantado a cabeça e olhado para ele, apenas para ver como era isso, como brilhava o rosto imperturbável do homem que tinha arruinado as finanças e a saúde do velho.

"Não lhe fez bem a mudança. Uma dessas pessoas acostumadas ao seu povoado. Quando o tiraram de lá, já viram: se acabou." Agora, sim, o mirei. Nesse momento, acendia o cigarro de dom Plácido, meu padrinho, e seu rosto estava quase tão compungido como jactante. "Puta, que nojo", murmurei, e Arredondo, que captou pelo menos meu olhar, se aproximou colocando a mão na minha nuca. "É preciso se resignar, Rodolfo. É preciso aprender com a coragem do teu pobre velho". As coisas que a gente tem que ouvir. A coragem do meu pobre velho.

Afinal, o que importava Arredondo? Era um canalhinha como tantos outros, daqui ou do Interior. Tinha percebido logo o lado fraco do velho. Ou quem sabe não. Quem sabe desde o início o velho estivesse consciente de que aquele aproveitador ia ser sua ruína. Um canalhinha como tantos outros. Nem todas as vítimas morriam. Já o meu pai (calado como sempre) morreu.

Alguma coisa de verdade havia nessa tal falta de adaptação à mudança. Em Montevidéu, o velho se entediava. Já não havia peças de tecido para estender sobre o balcão gasto, nem velhas clientes a revisar o mostruário de acabamentos, nem solteironas a comprar linhas para costuras e bordados. Durante trinta anos ansiara pelo descanso com modesto fervor; uma vez conseguido, deixou-se ficar parado com os olhos distantes, cada vez mais trancado em si mesmo.

Eu podia compreendê-lo. Mamãe, não. Ela, depois de quinze dias detalhando a saudade da vida no povoado, depois de quinze dias repetindo e repetindo como a cidade a asfixiava, já tinha conseguido amizades: dinâmicas senhoras de óculos com haste e busto ereto, dedicadas fervorosamente ao mexerico e à beneficência, tranquilas porque seus filhos frequentavam o colégio Sagrada Família e seus maridos o Club de Bochas, sempre mais dispostas a perdoar os excrementos de suas cadelinhas do que as contestações de suas criadas, boas donas de casa que se encontravam de saguão em saguão para comentar, com aterrorizados movimentos de sobrancelhas e de lábios, o eficientíssimo vaivém das três ou quatro sirigaitas do bairro.

Mamãe não podia compreendê-lo porque ela sempre foi patologicamente sociável, mas eu sim podia entender o velho. Sem necessidade de me esforçar, só usando o fácil recurso de exagerar até a caricatura minhas primeiras reações, meu próprio desconforto com a mudança.

Depois que dom Silberberg comprou o armarinho, veio um período que pareceu de festa. Mamãe falava abundantemente às refeições, fazendo projetos, acomodando móveis imaginários, desenhando futuras tapeçarias. Papai sorria. Mas era um sorriso sem alegria, o trejeito amável, desanimado, de um homem que se retira do trabalho sem odiá-lo, simplesmente porque para ele chegou a hora do descanso. Lá no povoado, ainda o animava a atividade do último inventário, as despedidas dos amigos, o início das atividades do seu sucessor. Já em Montevidéu, quando alugamos o apartamento da rua Cerro Largo, o velho se abateu, creio que deve ter pensado que sua vida ficara sem motivo e sem sustentação.

Eu às vezes me aproximava e tratava de falar com ele. Quis levá-lo ao futebol, ao cinema, a passear simplesmente. Só aceitava o último desses convites, uma vez em cada dez, e íamos ao Prado, em um ruidoso bonde de La Comercial. No trajeto ia tão calado, que algum otimista poderia imaginar que ele estava apenas absorto no espetáculo das pessoas, no trânsito das ruas com denso arvoredo. Mas na realidade ele não olhava para nada. Deixava-se levar, simplesmente. E apenas por afeto a mim, a fim de que eu acreditasse que ele estava se distraindo, a fim de que eu me sentisse verdadeiramente influente, seguro de mim mesmo, naturalmente poderoso.

Certas tardes, depois de caminhar um pouco entre as árvores, sentava-se em um banco e me dirigia alguma pergunta que queria ser pessoal, e como nunca chegava a sê-lo, me doía. "Bem, agora que você já tem vinte anos, agora que você já vota e é um homem, o que é que te preocupa?" Minha resposta não importava. E ele nem sequer estava atento a ela. Ao fazer a pergunta, tinha cumprido seu papel, não havia por que insistir naquele empenho.

Quando apareceu Arredondo, com o projeto de aplicar vantajosamente os poucos mil pesos obtidos com a venda do armarinho, mais outros poucos que o velho tinha em títulos, mais um seguro em meu nome que vencia por esses meses, quando apareceu Arredondo com todas as suas cartas falsas na mão, tudo estava maduro para recebê-lo. O velho se deixou convencer com uma expressão de incredulidade que em qualquer outro teria sido de fastio. Aquela noite, depois do jantar, enquanto mamãe estava na cozinha, perguntei a ele: "Não acha que ele tem uma cara de cretino, de aproveitador?". "Possivelmente", disse, e isso foi tudo. Não houve outro comentário. Simplesmente, quatro dias mais tarde, houve a aceitação do plano Arredondo, que recebeu a notícia com um sorriso de orelha a orelha e olhos que inadvertidamente leiloavam sua alma. Na realidade, não podia acreditar em tanta sorte.

Tudo falhou, naturalmente: desde as ações de Fiecosa até os empréstimos em cadeia. Mamãe gritou incessantemente durante quatro horas, depois teve um colapso. Nem bem se recuperou e começou a recriminar o velho, de manhã à noite, pelo malfadado investimento. Quem sabe o velho não tenha contado com essa cantilena. Quem sabe tenha confiado em derrotar uma única vez sua intuição. O certo é que o tombo o consumiu, o desfez, literalmente acabou com ele. Quando mamãe se deu conta de que a hora das reprovações havia passado, o médico já tinha pronunciado a palavra trombose.

Agora o velho estava ali, junto de Arredondo e junto de mim. Eu tinha uma tristeza que ia além do espírito, uma tristeza que também era corporal. Olhava minhas mãos e elas também estavam sujas de tristeza. Até aquele momento eu ouvia dizer "triste" e o meu coração se enchia de um ímpeto romântico, de uma agradável melancolia. Mas isso agora era outra coisa. Me sentia triste e pesado, triste e vazio. A tristeza, agora que eu a tocava, era, na verdade, algo asfixiante, pegajoso, uma coisa fria que não se consegue tirar do rosto, dos pulmões, do estômago. Talvez eu tivesse desejado para ele uma vida melhor. Melhor também não é a palavra. Que a sua vida tivesse conhecido uma paixão vitalizadora, um ódio estimulante, sei lá, algo que tivesse colocado em seus olhos esse mínimo de energia que parece indispensável para se sentir possuidor de uma fatia de verdade.

Nós tínhamos sentido afeto um pelo outro, era verdade. E daí? Provavelmente não tínhamos sabido nada um do outro. Uma incapacidade de comunicação nos tinha mantido à prudente distância, postergando sempre o intercâmbio franco, generoso, para o qual, por outras razões, estávamos bem dotados. Agora ele estava ali, rígido, nem sequer em paz, nem sequer definitivamente morto, e qualquer consideração se fazia inútil, pelo menos tão inútil como pode parecer brilhante uma alegação quando já está irremediavelmente vencido o último prazo para recursos.

Abri os olhos e Arredondo não estava. Respirei aliviado. No entanto, havia uma mão apoiada no meu ombro. Uma mão leve, ou, pelo menos, que se esforçava em não pesar. Eu não estava com disposição para adivinhar, para fazer prognósticos, de modo que pensei em um nome, um único nome.

Era bastante insólito que eu pensasse em María Julia, mas talvez se devesse ao cansaço. Não a via desde antes de virmos para a capital. No entanto, era ela. Primeiro peguei sua mão, depois a sentei ao meu lado no sofá. Não chorava. "Uma delicadeza da parte dela", pensei, e me senti profundamente ridículo. Na tristeza foi abrindo passagem a uma lufada de afeto, de infância compartilhada. María Julia, então. Parecia mais tranquila. E mais alta. Claro. E talvez menos segura de si. E com menos sardas. E sem a jaqueta azul. Durante algum tempo, esteve calada. Seu olhar não era a moeda corrente de pêsames. Evidentemente, me investigava a fundo, mas houve além disso um pestanejar de carinho, de coisa recuperada, de acurada memória.
Foi a partir desse momento que eu me senti melhor.

4.

Na casa da rua Dante, eu me sentava sempre na mesma cadeira, em frente ao mesmo quadro alegórico (uma mulher desnuda, com um pálido rosto puro olhos, que surgia intacta de uma terrível fogueira, na qual havia inúmeras chamas com cabeças de monstros) e tamborilava os dedos no mesmo veio da mesa de carvalho. Eu chegava às nove da noite e de hábito me recebia a tia, vestida sempre de um preto impecável, com um rendilhado no peito que deixava entrever uma zona inelutavelmente flácida sulcada de pequenas veias quase violáceas e com duas verrugas simétricas que contribuíam para deixar malparado o sentido estético de Deus ou pelo menos o de seus vicários no ato de criar corpos ao acaso.

"Menina, teu namorado chegou", dizia a tia, virando a cabeça para os fundos e pronunciando cada sílaba como só conseguem fazê-lo algumas professoras de primário[13]. Do

---

13 No original, "*pronunciando la ve corta como como sólo consiguen* [...]", que significa a perfeição de pronúncia da letra "v" (*v corta*), de *novio*, com a sutil diferenciação em relação à pronúncia da letra "b" (*b larga*) em espanhol. (N.T.)

seu quarto, María Julia gritava: "Já vou, Rodolfo", e então começavam a correr os inevitáveis quinze minutos de um monólogo enfadonho, durante os quais a senhora me entediava com perguntas sobre o meu trabalho, política, banalidades. Na realidade, ela não tinha necessidade das minhas respostas. Com uma só pigarreada sabia dar um assunto por encerrado, e assim, quase sem que a respiração repercutisse no inócuo rendilhado, ela passava a encontrar algo de pecaminoso em tudo quanto caía na órbita de sua observação, de seu conhecimento, de sua fantasia, a qual não era, por certo, abundante, nem sequer concentrada, mas incluía em troca uma ativa disposição para recriar e revitalizar fuxicos.

María Julia aparecia, enfim: "Não é verdade que ela hoje está um primor?", perguntava a tia e eu ficava automaticamente sumido em um silêncio no qual se diluía toda a minha cortesia. O primor era uma moça de vinte e oito anos, que começava a perder sua expressão infantil sem ter adquirido ainda outra sucedânea, de maior plenitude, com o cabelo curto e solto, os braços desnudos e um vestido com um broche de cores vivas e um cinturão largo, liso, de um só tom (geralmente verde escuro ou marrom), com fivela dourada.

Me dava a mão, retirando-a em seguida. Depois, sentava na cadeira número dois, a que tinha o tecido manchado. Então, a tia me dizia: "Com licença, Rodolfo". Partia com um impulso que parecia impossível de ser freado pelo menos até a cozinha, mas na realidade se detinha no cômodo contíguo, de onde iniciava sua vigilância, disposta a aparecer no espaço que mediava entre o segundo beijo e o terceiro.

A medida de precaução era de fato desnecessária, já que a sobrinha sabia se defender e se defendia. Não precisamente com recusas ou com falsos pudores, nem sequer afetando desamor. Sua defesa era mais sutil que tudo isso, algo que talvez pudesse ser qualificado como uma denodada resistência à emoção, ou como a determinação de contemplar de fora todo o arrebatamento sentimental em que ela mesma estivesse implicada. Por exemplo: para beijar, nunca fechava os olhos. "Além disso, quando estávamos de pé e abraçados, eu tinha consciência de que ela, por cima do meu ombro, se olhava no espelho da parede. Seu lema poderia ter sido: "Não se entregar", entendendo-se que essa não entrega se referia a algo mais que o apático corpo. Afora isso, não opunha resistência. Me abandonava suas mãos ("de pianista", dizia a tia), se entregava mansamente às minhas carícias, inclusive revelava certo prazer quando eu passava a mão no seu cabelo, agora bem mais escuro que palha de vassoura. Mas o pior de tudo é que essa atitude estava impedindo algo mais importante: que eu mesmo me sentisse incluído naquela moldura de cenas que deveriam ser de amor.

Falávamos, também. Ela se referia com frequência a um tema que era de sua predileção: a morte do meu velho. Claro que não se detinha na morte e retrocedia ainda mais, até chegar a Arredondo e seu ingênuo, previsível, golpe. Parecia entender que a palavra fraude nos fazia sócios, colegas, camaradas, vá saber. Seu pai tinha sido trapaceiro; o meu tinha sido trapaceado. Com seu entusiasmo em tratar desse assunto, María Julia parecia querer inculcar em mim a convicção de que ela e eu (já que a desonestidade tinha tocado tanto em seu pai como no meu) éramos assim como filhos da trapaça. "Quando deram o calotinho no teu pai", dizia referindo-se ao plano de Arredondo, e empregava o mesmo diminutivo que tinha usado dezessete anos atrás no sótão, ao me narrar os motivos daquele suicídio.

Terças e quintas eram noites de visita, mas aos sábados íamos ao cinema. Os três. Não sei por que a tia não se sentava nunca ao lado de María Julia, mas ao meu lado. Talvez, para o propósito de cumprir sua guarda, a visibilidade fosse melhor dali. De todo modo, sua proximidade não era o que se pode chamar de um prazer. Tinha um suspiro entrecortado que sempre terminava em tosse asmática, e, mais ainda, naqueles casos em que o filme apelava para as melhores reservas sentimentais do espectador, a tia chorava com um soluço quase elétrico que provocava um desagradável tremor em várias poltronas ao redor. Afortunadamente, María Julia não participava dessa permeabilidade emocional. Na tela podia aparecer a mais enternecedora das cenas, desde uma simples avozinha cercada por inefáveis netos, até o fantasma da tuberculose provocando tosses premonitórias em uma noite de núpcias; as boas mulheres da plateia podiam assoar seus narizes quando o galhardo tenente não voltava da guerra para os braços amantes de sua mulher grávida. Tudo podia ser extremamente comovedor; ainda assim, ao se acenderem as luzes, era mais que seguro que María Julia teria seus olhos brilhantes mas secos, e que, além disso, faria seu comentário de praxe: "Que coisa. Nunca consigo esquecer que não estão vivendo, mas representando".

Nas minhas relações com María Julia, com a tia, com a casa inteira, havia barreiras que eu nunca poderia atravessar, disso estava seguro. Jamais chegaria a saber o que se pretendia exatamente de mim. A tia sempre me fazia propaganda de María Julia (seu penteado, suas habilidades, suas sobremesas) no melhor estilo das candidatas a sogra[14], mas nunca manifestava urgência nem preocupação a respeito do casamento. A sobrinha, por seu lado, não fazia preparativos. Quando as amigas de Corrales ou de Uslenghi, que às vezes deixavam a casa da rua Dante no exato momento da minha chegada, lhe faziam alguma brincadeira sobre o enxoval, ela só dizia: "Ainda tem tempo pra isso. Tem tempo". Eu às vezes tinha a impressão de que as duas mulheres me consideravam algo deveras seguro, e isso só me incomodava em parte, já que, no recôndito mais confiável de mim mesmo, tinha que reconhecer que era isso mesmo, que eu era um candidato deveras seguro.

---

14 No original "*suegras del Centenário*", provável referência a cobiçados casamentos com os craques que se apresentavam no Estádio Centenário, de Montevidéu. (N.T.)

Tinha minhas dúvidas, claro. Sempre as tive. Sobretudo dúvidas acerca dos meus próprios sentimentos. Eu queria María Julia? Mais claramente, eu a queria de forma a fazê-la minha mulher? Quem sabe minha teoria e minha versão do amor fossem rudimentares, mas de qualquer maneira a gente tem sonhos e nos sonhos nunca se é rudimentar. Bem, ela não correspondia a esses sonhos. Eu precisava dela, no entanto, e essa necessidade se fazia patente das mais diversas maneiras: por exemplo, quando passava vários dias sem vê-la era tomado por um desgosto, uma estranha inquietude que ia desacomodando os sucessivos níveis e compartimentos da minha vida diária. Aqui e ali me aconteciam coisas que eu já sabia de antemão que em María Julia não encontrariam eco ou repercussão, apenas um simples comentário, tão bem educado como insincero. Apesar de tudo, tinha que falar com ela, tinha que saber que ela estava julgando minhas ações e minhas reações, que era minha testemunha, enfim. Chegava a terça, chegava a quinta, e quando, sentados frente a frente na sala de jantar, eu começava a falar das minhas modestas peripécias, a sensação de necessidade se diluía em mim só de ver seus olhos.

Dava-se o mesmo com o desejo. Meu desejo. Ela não tinha essas preocupações. Para minhas mãos era uma mulher, *a mulher* talvez. É bastante provável que a primeira mulher que tocamos possa chegar a se converter na unidade de desejo para o resto de nossos dias, e sobretudo, de nossas noites. Eu desejava María Julia, mas quando, mas como? Não poderia ter me dado conta de que ela beijava com os olhos abertos se eu, por minha vez, não tivesse os meus abertos.

Em certa oportunidade, minha mãe me disse algo que me incomodou: "Não se esqueça de me avisar no dia em que María Julia fizer você feliz". Mas, naturalmente, minha mãe nunca a engolira.

5.

No dia em que eu fiz trinta e sete anos, me encontrei com o Tito Lagomarsino na Mercedes com a Río Branco. Estava feliz porque Marta, a filha de Nélida Roldán, tinha sido aprovada em um exame duríssimo. O certo é que caminhamos até a Dezoito com Ejido, e ali estavam Nélida e a filha. Fazia cerca de cinco anos que eu não via Marta. Felicitei-a pelo êxito e ela então me contou como o seu batom tinha caído em pleno exame, e como ela e o presidente da mesa tinham agachado ao mesmo tempo para apanhá-lo, e como tinham se olhado por baixo da mesa: "Acho que o pobre homem me aprovou apenas para que eu não contasse aos outros professores quão ridículo ele ficava ali embaixo, com a peruca entortada sobre a orelha". Logo me peguei rindo, e quase me assustei. Parecia a risada de outro, a risada de algum ser afortunado, possuidor de uma vida plena, altamente satisfatória, diria quase triunfante. Não é decente a gente rir com uma risada alheia, de maneira que, imediatamente, fiquei sério e desconcertado. Marta, ao contrário, parecia muito segura de si mesma e de sua piada, e na terceira olhada me dei conta de que era simpática, linda, doce, alegre, inteligente etc. Quando Tito mencionou não sei que entrevista para a qual estavam agendados às três e quinze, e eu tive que me separar e dei a mão a Marta, me prometi solenemente voltar a vê-la, sem o estorvo de testemunhas.

Só dois meses depois pude cumprir minha promessa. Encontrei Marta em um café, em frente à Universidade. Ficamos conversando por exatamente uma hora e meia. De novo ri com a risada do outro, mas dessa vez me preocupei menos. Em uma hora e meia eu soube dela e ela de mim, muito mais do que teria podido caber em todas as confidências trocadas com María Julia em nossos anos de namoro e hábito. Tudo foi tão fluido, tão espontâneo, tão natural, que a nenhum de nós pareceu estranho que logo minha mão estivesse na sua mão, que nos olhássemos nos olhos como dois adolescentes ou dois tontos. E ainda menos estranho pareceu que uma semana depois já tivéssemos deitado juntos e que pela primeira vez tivesse se realizado o desejo de meu pai e eu me sentisse naturalmente poderoso.

É preciso reconhecer que Marta era, acima de tudo, um corpo, mas como tal não tinha desperdício. E mais: em Marta o espírito não incomodava em nada, posto que se adaptava esplendidamente à impecável embalagem. Tê-la abraçada, apertada ou relaxadamente, passar minhas mãos por qualquer zona de sua pele, era sempre uma experiência tonificante, uma transfusão de otimismo e de fé. Nas primeiras vezes, assisti, com uma espécie de ingênuo assombro, à comprovação de quão insuficiente podia ser minha primeira unidade de desejo, mas logo aprendi a multiplicá-la.

Era quase maravilhoso que minhas mãos, minhas vulgares e inábeis mãos de sempre, desde logo pudessem se tornar tão eficazes, tão ativas, tão criadoras. Havia finalmente uma carne que respondia, uma pele com a qual era possível dialogar. Marta não perguntava nunca pela minha namorada. Perdão. Agora lembro que me interrogou: "Alguma vez você já se deitou com ela?". Respondi que não, em voz tão alta que eu mesmo fiquei surpreso. Minha negativa soou como uma repulsa, quase como um exorcismo. Marta primeiro sorriu divertida, logo me olhou com piedoso estupor.

No final das contas, faltei algumas quintas à rua Dante. Da parte de María Julia não houve admoestações nem reprovações. Só a tia me consagrou uma longa advertência sobre o enfado que conduz ao pecado. No essencial, fiquei totalmente de acordo.

6.

A tia me estendeu a xícara. Como sempre, pouco açúcar. Mexi lentamente o café com a colherinha que imitava prata peruana. Como sempre, queimei os dedos.

Fazia dois anos que tinham tirado o quadro com a fogueira simbólica e a mulher puro olhos. No seu lugar tinham colocado um daqueles calendário suíços que têm um Janeiro de 1952 com assombrosas montanhas esmeradamente nevadas e primorosas casinhas às quais só falta dar corda para que entoem sua *Stille Nacht*. As cadeiras tinham sido forradas com um tecido com franjas, verdes e cinza, que não combinava com a variante crioula do estilo inglês em que tinha sido concebida a sala de jantar. Nem a tia permanecia igual. Não mais o rendilhado no peito. Um cachecol de *dacrón* e lã rodeava agora seu pescoço de galinha. O olhar era pálido e choroso. Quando a mão direita levava aos lábios a xícara, a esquerda tremia e fazia tilintar sonoramente a colherinha sobre o pires. Já fazia uns meses que me tratava formalmente e tinha suspendido os elogios sobre as habilidades domésticas da sobrinha.

Não perdera o costume de perguntar, mas agora a estrutura do interrogatório era o caos em estado de pureza. Uma série de perguntas poderia incluir, por exemplo, averiguações sobre a próxima greve do transporte, sobre a data das minhas férias anuais, sobre uma receita de raviólis de milho verde que minha mãe guardava como um tesouro.

Em outra quinta tinha me olhado nos olhos com uma faísca de amargura. Em seguida, com a resignada displicência de quem guardara por muito tempo uma moeda e de repente se dá conta de que a mesma perdera todo seu valor, me soltou a revelação: "Nos enganamos com o senhor, Rodolfo. María Julia acreditou que poderia dominá-lo para sempre. Mas foi o senhor que ganhou. Ajudado pelo tempo, claro".

A confissão não tinha me soado de todo estranha. Era como se, sem dizer a mim mesmo, eu tivesse consciência de que aquele tinha sido meu melhor recurso. E era a tia quem o havia percebido! E não só percebido, como expressado. Por mera formalidade, perguntei-lhe o que queria dizer, mas ela já tinha se reintegrado à sua anarquia mental, e so-

mente se viu obrigada a acrescentar: "É horrível como têm subido os preços da lavanderia. Não dá para se viver".
Agora não dizia nada. Simplesmente fazia ruído com a boca quando sorvia o café e até mesmo quando não o sorvia. Para mim, não havia dúvidas. María Julia, filha de um trapaceiro, por sua vez tinha feito uma trapaça comigo, o filho de um trapaceado. Sua trapaça tinha se nutrido de lembranças infantis, de compreensão quando da morte do velho, de paciência sem reclamações durante tantos anos de namoro, de afetuosa passividade frente ao meu repertório de carícias. Sua trapaça consistia em ter cercado nossas relações de suficientes sucedâneos do amor e do desejo como se quisesse me fazer crer que ela e eu tínhamos sido realmente namorados através de quatro lustros, que agora, na memória, ganhavam outra forma, a de uma punição doentia, de um prolongado tédio. A trapaça tinha sido, analisando melhor, uma vingança contra aquele povoado de oitenta quarteirões que a tinha marcado, que a tinha desprezado e, o pior de tudo, que a tinha tolerado. Sem querer, eu tinha assumido a representação desse povoado, tinha me convertido em uma espécie de símbolo. Agora, só agora eu conseguia reconstruir todo o cálculo, todo o projeto, desde a estudada declaração do sótão ("E você sabe por quê? Porque somos namorados") até o exagerado interesse pela cretinice de Arredondo, desde a mão amistosa sobre meu ombro na última jornada junto ao velho, até nossos vinte anos de pobres beijos na sala de jantar. Era evidente que a base do seu cálculo tinha sido minha timidez e sua paciência. Se bem que María Julia não tivesse feito jamais uma reclamação, se bem que não me tivesse recriminado pelas nossas prolongadas relações, tinha estado sempre fanaticamente segura de que eu não tomaria a iniciativa nem para me casar nem para romper.

Este, sobretudo tinha sido seu trunfo: meu retraimento permitia a ela vingar-se em mim da injustiça de todos, mas, além disso, lhe permitia me reduzir a zero, aniquilar minha vida para sempre. Claro que María Julia não tinha contado com Marta. Talvez seu único erro de cálculo. Ah, foram poucos meses. Marta está agora em Paysandu, casada com Teófilo Carreras, arquiteto e empreiteiro. Mas esses poucos meses bastaram a ela (Deus a bendiga) para realizar sua obra, sua admirável obra de salvar um condenado, de fazer render os sentidos (meus sentidos) muito acima do valor estimado. Porque, evidentemente, nisso María Julia tinha perdido a mão: tinha me avaliado demasiadamente baixo.

Aparentemente, tudo continuava igual, mas sua ressecada, perplexa virgindade, tinha sabido registrar que minhas mãos já não eram as mesmas, e, também, que sua passividade tinha começado a provocar em mim um quê de asco. Toda uma novidade. De qualquer modo, já era tarde para qualquer transformação (até beijava com os olhos fechados), mas não para que ela intuísse que alguma decisão se aproximava. Para mim, por outro lado, ainda não era tarde. Em absoluto.

Devolvi a xícara à senhora, e ela disse: "Está refrescando. Sempre refresca a essa hora". Depois, se levantou e me deixou só. Cinco minutos depois apareceu María Julia. María Julia de quarenta anos, minha namorada. Sentou-se ao meu lado, me mostrou e demonstrou seu profundo cansaço, pestanejou quatro vezes seguidas. Sua mão estava pousada sobre a quina da mesa de carvalho; tinha uma espécie de urticária, essas manchas de insuficiência hepática que lhe surgem quando come frituras.

Falava de suas amigas, as de Uslenghi. "Gladys quer que a acompanhe a Buenos Aires. O que você acha?" Senti que a odiava com uma força quase inesgotável. Senti que não precisava dela, que nunca mais precisaria. Senti que Marta tinha me limpado de um monstruoso pesadelo, de uma asquerosa pressão sobre minha inerme, desarticulada consciência.

"O que você acha?", repetiu com voz de condenada. E era verdade, estava condenada. A liberdade tinha suas vantagens, mas agora (agora que ela estava segura de meu distanciamento, desconcertada pela minha rejeição) muito melhor que a liberdade era a desforra. De modo que decidi dizê-lo com toda naturalidade, como se falasse do tempo ou do trabalho. "Não, é melhor não ir. Assim, você vai se preparando. Quero que nos casemos em meados de julho." Engoli a saliva e, simultaneamente, me senti feliz, me senti miserável. O calotinho estava realizado.

1958

As xícaras

As xícaras eram seis: duas vermelhas, duas pretas, duas verdes e, além do mais, importadas, inquebráveis, modernas. Tinham chegado como presente de Enriqueta, no último aniversário de Mariana, e desde aquele dia o comentário óbvio tinha sido que podia se combinar a xícara de uma cor com o pires de outra. "Preto com vermelho fica fenomenal", tinha sido o conselho estético de Enriqueta, mas Mariana, em um discreto rasgo de independência, decidira que cada xícara seria usada com o pires da mesma cor. "O café já está pronto. Sirvo?", perguntou Mariana. A voz se dirigia ao marido, mas os olhos estavam fixos no cunhado. Este pestanejou e não disse nada, mas José Claudio respondeu: "Ainda não. Espera um pouquinho. Antes quero fumar um cigarro". Agora sim ela olhou para José Claudio e pensou, pela milésima vez, que aqueles olhos não pareciam de cego. A mão de José Claudio começou a mover-se, apalpando o sofá. "O que você procura?", perguntou ela. "O isqueiro." "À tua direita." A mão corrigiu o rumo e achou o isqueiro.

Com aquele tremor causado pelo continuado afã da busca, o polegar fez girar várias vezes a rodinha do isqueiro, mas a chama não apareceu. A uma distância já calculada, a mão esquerda tratava infrutiferamente de registrar a aparição do calor. Então Alberto acendeu um fósforo e veio em sua ajuda. "Por que não joga fora?", disse com um sorriso que, como todo sorriso para cegos, impregnava também as modulações da voz. "Não jogo porque tenho apego a ele. É um presente de Mariana."

Ela só abriu a boca e passou a ponta da língua no lábio inferior. Um modo como qualquer outro de começar a recordar. Foi em março de 1953, quando ele fez trinta e cinco anos e ainda via. Tinham almoçado na casa dos pais de José Claudio, em Punta Gorda, tinham comido arroz com mexilhões, e depois tinham ido caminhar pela praia. Ele tinha passado um braço sobre seus ombros e ela se sentia protegida, provavelmente feliz ou algo parecido. Tinham voltado ao apartamento e ele a tinha beijado lentamente, demoradamente, como costumava beijar antes. Tinham inaugurado o isqueiro com um cigarro que fumaram meio a meio.

Agora o isqueiro já não servia. Ela tinha pouca confiança em conexões simbólicas, mas, afinal, o que ainda servia daquela época?

"Este mês também você não foi ao médico", disse Alberto.
"Não."
"Quer que eu seja sincero?"
"Claro."
"Me parece uma idiotice da sua parte."
"E ir pra quê? Para ouvi-lo dizer que eu tenho uma saúde de ferro, que o meu fígado funciona admiravelmente bem, que o meu coração bate no devido ritmo, que o meu intestino é uma maravilha? É pra isso que você quer que eu vá? Estou cansado dessa minha notável saúde sem olhos."

Na época anterior à cegueira, José Claudio nunca tinha sido um especialista na exteriorização de suas emoções, mas Mariana não se esquecera de como era o seu rosto

antes de adquirir essa tensão, esse ressentimento. Seu casamento tinha tido bons momentos, isso não podia nem queria esconder. Mas desde que surgira o infortúnio, ele tinha se negado a valorizar seu amparo, a refugiar-se nela. Todo seu orgulho se concentrou em um silêncio terrível, obstinado, um silêncio que continuava como tal mesmo quando o rodeava com palavras. José Claudio tinha deixado de falar de si.
"De todo modo, você deveria ir", apoiou Mariana. "Lembre-se do que o Menéndez dizia sempre."
"Como não ia me lembrar: Para O Senhor Não Está tudo Perdido. Ah, e a outra frase famosa: A Ciência Não Acredita em Milagres. Eu também não acredito em milagres."
"E por que não se apegar a uma esperança? É humano."
"É mesmo?", falou pelo canto da boca com o cigarro.
Tinha se escondido em si mesmo. Mas Mariana não fora feita para ficar assistindo, simplesmente assistindo, a um ensimesmado. Mariana pedia outra coisa. Era uma mulher para ser desejada com muito tato, é verdade. Mas havia bastante margem para essa exigência: ela era flexível. Era uma calamidade que ele não pudesse ver; mas isso não era a pior desgraça. A pior desgraça era que estivesse disposto a evitar, por todos os meios ao seu alcance, a ajuda de Mariana. Ele menosprezava sua proteção. E Mariana tinha querido – sinceramente, carinhosamente, piedosamente – protegê-lo.
Bem, isso era antes; agora não. A mudança se deu lentamente. Primeiro, foi um declínio de ternura. O cuidado, a atenção, o apoio, que desde o começo eram rodeados por um halo constante de carinho, tinham agora se tornado mecânicos. Ela continuava sendo eficiente, disso não havia dúvida, mas não sentia mais prazer em ser solícita. Depois veio um grande medo diante da possibilidade de uma discussão qualquer. Ele estava agressivo, sempre disposto a ferir, a dizer o mais duro, a estampar sua crueldade sem volta possível. Era incrível como soltava com frequência, nas ocasiões menos propícias, a injúria refinadamente certeira, a palavra que ca-

lava fundo, o comentário que marcava a fogo. E sempre distante, muito atrás de sua cegueira, como se esta servisse de muro de contenção para o incômodo estupor dos outros.

Alberto se levantou do sofá e se aproximou da vidraça. "Que outono horroroso", disse. "Está vendo?" A pergunta era para ela.

"Não", respondeu José Claudio. "Veja você por mim." Alberto olhou-a. Durante o silêncio, sorriram um para o outro. A despeito de José Claudio, e, no entanto, a respeito dele. No mesmo instante Mariana soube que tinha ficado linda. Sempre que olhava para Alberto, ficava linda. Ele dissera isso pela primeira vez na noite de vinte e três de abril do ano passado, fazia exatamente um ano e oito dias: uma noite em que José Claudio lhe gritara coisas horríveis, e ela tinha chorado, desalentada, amarguradamente triste, durante horas e horas, quer dizer, até encontrar o ombro de Alberto e se sentir compreendida e segura. De onde Alberto extraía essa capacidade de entender a gente? Ela falava com ele, ou simplesmente o olhava, e sabia de imediato que ele a estava tirando do apuro. "Obrigada", tinha dito então. E ainda agora essa palavra chegava a seus lábios diretamente do coração, sem racionalizações intermediárias, sem usura. Seu amor por Alberto tinha sido no começo gratidão, mas isso (que ela via com toda nitidez) não chegava a diminuí-lo. Para ela, querer tinha sido sempre um pouco agradecer e outro pouco provocar a gratidão. Nos bons tempos, tinha agradecido a José Claudio que ele, tão brilhante, tão lúcido, tão sagaz, tivesse se fixado nela, tão insignificante. Tinha falhado no segundo ponto, aquele de provocar a gratidão, e tinha falhado justo na ocasião mais absurdamente favorável, quer dizer, quando ele mais parecia precisar dela.

A Alberto, por outro lado, agradecia pelo impulso inicial, a generosidade daquele primeiro socorro que a tinha salvado de seu próprio caos, e, sobretudo, a tinha ajudado a ser forte. E ela também tinha provocado sua gratidão, claro que sim. Porque Alberto era uma alma tranquila, um respeitador do irmão, um fanático pela harmonia, mas também e em definitivo, um solitário. Durante anos e anos, Alberto e ela tinham mantido uma relação superficialmente carinhosa, que se detinha com espontânea discrição nos umbrais do tratamento íntimo e só em raríssimas ocasiões deixava entrever uma solidariedade um pouco mais profunda. Talvez Alberto invejasse um pouco a aparente felicidade de seu irmão, a boa sorte de ter encontrado uma mulher que ele considerava encantadora. Na realidade, não fazia muito tempo que Mariana tinha obtido a confissão de que a imperturbável solteirice de Alberto se devia ao fato de que toda possível candidata tinha que passar por uma imaginária e desvantajosa comparação.

"E ontem Trelles esteve aqui", dizia José Claudio, "veio fazer a clássica visita de bajulação que o pessoal da fábrica me consagra uma vez por trimestre. Eu imagino que eles tiram a sorte e quem perde se dana e vem me ver".

"Também pode ser que gostem de você", disse Alberto, "que guardem uma boa lembrança do tempo em que você os dirigia, que realmente estejam preocupados com a sua saúde. Nem sempre as pessoas são tão miseráveis como você acha de uns tempos para cá".

"Que ótimo. Todos os dias a gente aprende alguma coisa nova." O sorriso veio acompanhado de uma leve bufada, destinada a atingir um outro nível de ironia.

Quando Mariana havia recorrido a Alberto, em busca de proteção, de conselho, de carinho, tivera de imediato a certeza de que por sua vez estava protegendo o seu protetor, de que ele se achava tão necessitado de amparo quanto ela mesma, de que ali, ainda tenso por escrúpulos ou quem sabe por pudor, havia um razoável desespero pelo qual ela começou a se sentir responsável. Por isso, justamente, tinha provocado sua gratidão, por não dizer com todas as letras, por simplesmente deixar que ele a envolvesse em sua ternura acumulada por tanto tempo, por apenas permitir que ele ajustasse à imprevista realidade aquelas imagens dela que até então ele deixava transcorrer, sem se fazer ilusões, pelo desfiladeiro de suas melancólicas insônias. Mas a gratidão imediatamente transbordou. Como se tudo tivesse sido disposto para a mútua revelação, como se só tivesse faltado que se olhassem nos olhos para confrontar e compensar seus desejos, em poucos dias o mais importante estava dito e os encontros furtivos se tornaram frequentes. Mariana logo sentiu que seu coração tinha se expandido e que o mundo não era nada mais que isso: Alberto e ela.

"Agora, sim, pode esquentar o café", disse José Claudio, e Mariana inclinou-se sobre a mesinha acinzentada para acender a mecha de álcool da cafeteira. Por um momento distraiu-se contemplando as xícaras. Só tinha trazido três, uma de cada cor. Gostava de vê-las assim, formando um triângulo.

Depois se recostou no sofá e sua nuca encontrou o que esperava: a mão cálida de Alberto, já afobada para recebê-la. Que delícia, meu Deus. A mão começou a mover-se suavemente e os dedos longos, afilados, se introduziram entre os cabelos. A primeira vez que Alberto tinha se animado a fazer isso, Mariana tinha se sentido terrivelmente inquieta, com os músculos enodados em uma dolorosa contração que a tinha impedido de desfrutar a carícia. Agora não. Agora estava tranquila e podia desfrutar. A cegueira de José Claudio parecia ser uma proteção divina.

Sentado em frente a eles, José Claudio respirava normalmente, quase com beatitude. Com o tempo, a carícia de Alberto tinha se convertido em uma espécie de ritual e, agora mesmo, Mariana estava em condições de aguardar o movimento próximo e previsto. Como em todas as tardes, a mão acariciou o pescoço, apenas roçou a orelha direita, percorreu lentamente a face e o queixo. Finalmente se deteve sobre os lábios entreabertos. Então ela, como em todas as tardes, beijou silenciosamente aquela palma e fechou por um instante os olhos. Quando os abriu, o rosto de José Claudio era o mesmo. Alheio, reservado, distante. Para ela, no entanto, aquele momento incluía sempre um pouco de temor. Um temor que não tinha razão de ser, já que no exercício dessa carícia pudica, arriscada, insolente, ambos tinham chegado a uma técnica tão perfeita como silenciosa.

"Não deixa ferver", disse José Claudio. A mão de Alberto se retirou e Mariana voltou a se inclinar sobre a mesinha. Pegou a cafeteira, apagou a pequena chama do aparelho com a tampa de vidro, e encheu as xícaras. Todos os dias ela trocava a distribuição das cores. Hoje seria a verde para José Claudio, a preta para Alberto, a vermelha para ela. Pegou a xícara verde para estendê-la ao marido, mas, antes de deixá-la em suas mãos, deparou-se com o estranho, mesquinho sorriso. Deparou-se, além disso, com umas palavras que soavam mais ou menos assim: "Não, querida. Hoje quero tomar na xícara vermelha".

1959

O RESTO É SELVA

> *Amigos. Ninguém mais. O resto é selva.*
> JORGE GUILLÉN

1.

De um andar alto caiu algo sobre sua cabeça, algo que talvez fossem cinzas ou excremento. Não quis averiguar. Limpou-se como pôde com uma folha do *Herald Tribune* e nesse momento decidiu deixar para mais tarde seu encontro batismal com a noite branca de Times Square. Era imprescindível que voltasse ao hotel para tomar a terceira ducha do dia. No dia seguinte ao de sua chegada a Nova York, Orlando Farias estava envolto por um calor úmido e fuliginoso. A camisa de náilon convertera-se em um cilindro gosmento, permanentemente empapado, que mal o deixava respirar.

Na Quinta Avenida com a rua 34, as pessoas freavam uma correria bastante alucinada, tão somente porque o sinal persistia no vermelho. O próprio Farias sofreu o contágio e conteve sua montevideana tendência à contravenção.

Durante a espera, contabilizou uma gota que formava uma escorregadia tangente de suor a partir do seu mamilo esquerdo. Praguejou em voz alta e, ao seu lado, uma senhora sardenta, loira, carregada de pacotes, sorriu-lhe amavelmente, como se ele tivesse feito apenas um comentário sobre o tempo.

Já estava a ponto de sentir vergonha, quando a multidão arrancou, ultrapassando-o. O sinal estava verde. Farias pensou que semelhante impulso era anacrônico ou, pelo menos, estava fora de estação. Um arranque assim correspondia a uma temperatura de quinze graus abaixo de zero, e não a este forno. Caminhou lentamente, mais lentamente que em qualquer outra cidade do mundo, só por ressentimento. Em duas oportunidades, se deteve em frente a vitrines que liquidavam pequenos rádios de galena, com um atualizado formato de mísseis. Era o primeiro rosto da cidade recém-inaugurada.

No hotel, uma mensagem o aguardava. Tinha chamado *Mr.* Clayton, na realidade T.H. Clayton. Farias conhecia Clayton desde 1956. Naquele ano, o crítico norte-americano tinha passado quinze horas em Montevidéu e dois dias em Punta del Este, com o meritório intento de informar-se sobre literatura e folclore locais. Farias se lembrava da obsessão com que Clayton se interessara pelo merengue (chamava de "miringo"). Alguém o fizera crer que essa era a dança típica do cone sul. Depois, tinha colocado três cadeiras em fileira e se estirado sobre elas, olhando o teto e fazendo perguntas sobre *call girls*.

Até agora, Farias tinha se arranjado bastante bem com seu inglês de leitor. Às vezes se dava conta de que falava no estilo da *New Yorker*, mas o entendiam do mesmo jeito. Comunicar-se por telefone era outra história. *Mr.* T.H. Clayton falou com sua voz contraída e monótona, e ele conseguiu distinguir algumas palavras soltas como American Council, *very glad* e *dinner*. Estaria convidando para jantar? Por via das dúvidas disse que encantado, e tomou nota, com aparatosa fluidez, de um endereço que já conhecia.

Tinha pouco tempo. Subiu ao 407 e durante cinco minutos desfrutou do ar-condicionado. Depois ligou a televisão e começou a tirar a roupa. Algo ia mal naquele aparelho. Um senhor de óculos, que falava com a boca semicerrada, em um perfeito estilo comissural, começou a descer vertical e incessantemente. Não havia botão capaz de detê-lo. Já em pleno gozo da ducha, conseguiu entender que aquele pobre senhor em perpétuo descenso se aferrava a uma espécie de estribilho: "*And this is our reality*".

2.

"Por favor, me chame de Ted", disse *Mr.* T.H. Clayton. O tom era realmente amável. O gesto, em compensação, tinha a monolítica seriedade de um homem que se entedia, mas que está orgulhoso do seu tédio. Comparando-o com as lembranças de anos atrás, Farias o achou menos magro e mais ostensivamente míope.

"O grande problema é chamá-lo pelo nome." Tentou, pela vigésima vez, dizer: "Orlando", mas só o que saiu foi uma buzinada, gutural e incolor. "Acho que vai ser melhor chamá-lo Orlie."

Estavam em um *basement-room* em Greenwich Village, rodeados de livros, discos e garrafas. Na janela desfilavam pernas: com calças, desnudas, com soquetes. Farias dedicou uma olhada à biblioteca e reparou que as lombadas dos livros eram de cores muito mais vivas e brilhantes que as de uma estante rio-platense.

"Hoje vêm vários dos novos escritores, por isso quis que você os conhecesse: Bradley, Cook, Blumenthal, Alippi. Nem todos são exatamente *beatniks*..."

"Larry Alippi?", perguntou Farias, "o de San Francisco?".

"Esse. Conhece alguma coisa dele?"

"Faz um tempo li *More or less.*"

"Gosta?"

"Não."

"É curioso. A poesia de Larry não agrada aos latinos. Em compensação, creio que ela agrada a nós, americanos, exatamente porque..."
"Norte-americanos, você quer dizer."
"Claro, claro. Creio que agrada a nós, norte-americanos, porque nos parece latina."
"Ou porque Alippi é um nome latino?"
"Não sei. Não estou seguro."
"De Cook não conheço nada."
"Terrivelmente influenciado por Mailer. Comprou *Advertisements for Myself*?"
"Ainda não."
"Compre-o. Cook tem, sem dúvida, uma linguagem original."
Na janela tinha estacionado um par de pernas femininas e sujas. Um filete de graxa não muito recente singularizava um tornozelo vulgar. Um dos pés às vezes se dobrava e pisava o outro. Se a gente esquecesse de que se tratava de algo tão comum, podia até se convencer de que eram dois monstros tímidos, com vida e movimentos próprios.

"Viu isso?", Clayton estendeu-lhe um exemplar do *The New York Times*. Tinha sido dobrado em uma página interior; um oval vermelho circundava um parágrafo de uma breve nota. Farias leu que na nova edição do American College Dictionary seria incluída uma definição da *beat generation*. Repetiu em voz alta: "*Beat generation*: membros de uma geração que alcançou a maioridade depois da segunda guerra mundial e da guerra da Coréia, uniu-se com o propósito comum de aliviar as tensões sociais e sexuais, e pregou o não alistamento militar, a desfiliação mística, e os valores de simplicidade material, supondo-se que tudo isso foi um resultado da desilusão que a guerra fria trouxe consigo".

O rosto de Clayton conservou-se impassível. Ao cabo de alguns segundos, permitiu-se um sorriso que tinha um pouco de troça e outro pouco de satisfação.

"Isso é quase como entrar na Academia", disse Farias com um tom passageiro.

"Sabe o que quer dizer essa tal de *desfiliação mística?*", perguntou Clayton, escondendo qualquer provável ironia.

"Não exatamente", disse Farias, cuja ignorância nesse quesito era completa.

"É uma das tantas formas de dialeto conceitual usado pelos *beatniks* e que só é compreendida pelos iniciados."

"Ah."

"*Desfiliação* é um termo usado em vários artigos que Lawrence Lipton escreveu na *The Nation* acerca dessa atitude dos novos intelectuais. Lipton colocou uma epígrafe de John L. Lewis, que só dizia: *Nós nos desfiliamos.*"

"E... de que se desfiliam?", perguntou Farias, sentindo-se terrivelmente provinciano.

Mas a campainha tocou e Clayton teve que ir até a porta. Eram duas mulheres e três homens. Antes das apresentações, uma das mulheres tirou os sapatos. Depois das apresentações, a outra mulher (mais formal) também os tirou.

"Ann. Joe. Tom Bradley. Mary. Jim Blumenthal", tinha enumerado Clayton. Farias notou que os notáveis eram apresentados com sobrenome. Gostou da cara de Blumenthal. Um tipo muito jovem, não mais de vinte e cinco anos. Óculos e barba. Sem bigode. Tinha, além disso, olhos de rara vivacidade, dos quais não era possível se desprender facilmente. Difícil saber se se tratava de um ingênuo, ou de alguém disposto a estrangular um menino com um sorriso de beatitude.

Os demais chegaram todos de uma só vez, exatamente na hora programada. "Asquerosamente pontuais", pensou Farias. Eddie, um negro alto e com um estreito cordão de barba marcando a mandíbula, olhava para os outros como se fosse através de um vidro esmerilado. Todos, menos o negro e um casal que estava no canto, junto à estante dos NO japoneses, tinham tirado os sapatos. Dentro dos seus, Farias moveu maquinalmente os dedos. Se chegassem a pedir para tirá-los, simplesmente diria que não. Não sabia por quê, mas nesse momento sentia que ficar de meias era mais indecente que ficar de cuecas ou sem elas. "Essa é a pornografia do odor", pensou, e não pôde deixar de sorrir, imaginando como teriam festejado esse diagnóstico na roda do *Sportman*.

De repente viu um maço de cigarros na frente dos olhos, um Chesterfield mais saído que os outros, convidativo. "Não, obrigado, não fumo", disse ao sair de sua distração. Blumenthal, o que oferecia, abaixou a mão e sorriu, compreensivo. "Desculpe", murmurou, "lamentavelmente, hoje não tenho marijuana".

Farias não disse nada. Na realidade, agora não sabia se se sentia provinciano ou feliz. Não podia decepcioná-lo, isso era tudo. Seria como se, no futuro ou no passado, alguém o tentasse convencer de que os ianques não mascam chicletes. Larry Alippi, o de San Francisco, tinha chegado sozinho. Qualquer coisa, menos italiano. Seria um pseudônimo? As mãos tremiam um pouquinho. Este, sim, tinha marijuana. Era tal a afirmação da anticelebridade, que Farias o reconheceu pela afetada indiferença dos outros, daqueles outros que, no entanto, eram seus admiradores.

Puseram um velho disco de Bessie Smith, quase inaudível. Só o rasqueado da agulha se ouvia com perfeição. Três casais dançavam. De quando em quando. Farias nunca tinha assistido a um divertimento tão desolado. *Hello*, Jack. *Hello*, Mary. *Hello*, Orlie. Farias sentiu-se ridículo com esse nome de aeroporto. Sem o tuteio, era impossível comunicar-se a fundo.

"*Attention, please*", disse alguém, de uma poltrona profunda e preta. Era o chamado universal dos transatlânticos. Mas aqui era só uma voz fina, um fio de voz. Esse alguém era um rapazote desossado e descarnado, algo assim como um croqui de pessoa, com orelhas pontiagudas como asinhas e mãos dançantes.

"Quem sentiu esta semana o êxtase natural?", disse uma gorda descalça enquanto esfregava languidamente o tornozelo peludo e cheio de varizes.

"Eu!", disse o etéreo Alguém da poltrona. Farias conjecturou que aquele devia ser um diálogo preparado, uma

espécie de libreto para visitantes estrangeiros. "Eu senti o êxtase natural", continuou dizendo o Croqui, "foi quarta-feira passada, durante quinze minutos".
Agora Farias conseguiu decidir-se. Não. Não se sentia feliz. Apenas provinciano. Experimentou, sem poder evitar, a tíbia vergonha de nunca haver sentido o êxtase natural. Afinal, seria exatamente o quê? Um novo tipo de coceira, uma tosse, uma alergia inédita? Pensou em alguma distante embriaguez em Aguada, mas decidiu rapidamente que isso não podia ser.
Não podia ser. Não podia ser que esse contato úmido que estava sentindo na nuca fosse uma língua. Virou-se lentamente, nem tanto para evitar derramar o asqueroso *bourbon* que tinha no copo, mas para ir se acostumando ao que ia encontrar. E afinal era mesmo uma língua. Sua proprietária: uma mulher magra, alta, com intermitentes marcas de varíola ou coisa parecida. Devia andar pelo décimo *bourbon* e Farias não viu inconveniente em servir o décimo primeiro. Um ventiladorzinho, que agora estava por trás dele, fez que ele sentisse um frio desagradável na região da nuca que tinha ficado úmida de saliva.
"Orlie", disse a magricela, "depois de Dag Hjalmar Agne Carl Hammarskjöld[15], deve ser o nome mais bonito que eu jamais escutei. Posso beijá-lo?".
Farias sorriu, mecanicamente, não soube bem por quê, mas não disse nada.
"Não, na boca não. Isso é muito *square*. Atrás da orelha, assim." Outra vez sentiu aquela coisa úmida, e outra vez o ventilador o fez estremecer. A mulher se encolheu como se quisesse abrigar-se debaixo da orelha, e ali ficou, imóvel. A mão que segurava o copo relaxou lentamente e algumas gotas de *bourbon* foram derramadas sobre o cinzeiro egípcio. Clayton não se preocupava mais com ele, mas em frente, sentado em uma cadeira Windsor, Larry Alippi sorria com

---

15 Dag Hammarskjöld: secretário geral da ONU de 1953 a 1961. (N.T.)

os olhos embriagados. Farias percebeu que a mulher tinha dormido. Pegou o copo, colocou-o junto ao cinzeiro egípcio e sentiu-se obrigado a carregar a magricela. Passou uma mão por baixo dos braços, outra na altura das coxas, e a levantou no melhor estilo de noite de núpcias hollywoodiana. Foi quando lhe ocorreu vingar-se do sorriso de Alippi. Caminhou até ele e depositou a carga em seus joelhos. Teve a sensação de que se desfiliava daquela mulher. Mas Alippi continuou sorrindo; simplesmente, pelo canto da boca com o cigarro, começou a cantar uma *ninnananna* com a pronúncia de Anthony Franciosa.

Farias afastou-se um pouco, tudo o que era possível afastar-se naquele reduto, e deixou-se cair em uma poltrona. Fechou os olhos. Sem abri-los, pegou o lenço e limpou primeiro a nuca, depois a orelha. Agora que não via, chegava até ele uma mistura de vozes, jazz, copos quebrados, roncos, e o gaguejante canto de Alippi. Durante dez ou quinze minutos teve a agradável sensação de que ninguém o olhava. Ninguém, com uma exceção. Sentiu que a exceção estava em frente a ele e abriu os olhos. Era Blumenthal.

"Está cansado?"

"Um pouco. Deve ser o dia em que eu mais falei e escutei inglês em toda a minha vida. Quando a gente não está acostumado, isso esgota."

"Sim", disse Blumenthal e continuou olhando para ele. "Enquanto você estava semiadormecido, me dediquei a contemplar seu bigode."

"É mesmo?"

"Você só escreve contos? Ou também escreve poesias?"

"Por quê?"

"Por nada."

"Não. Só escrevo contos."

"Que pena!"

"Você prefere poesias?"

"Disse que pena, porque você teria que escrever um poema inspirado em seu bigode."

Farias riu, mas não estava seguro. Blumenthal ficou sério. "Permite que eu toque seu bigode?", disse, e já fazia crescer o indicador e o polegar. Farias segurou seu punho com força. Então o outro fez um gesto resignado e abaixou a mão. Eram duas e quinze. Como estreia, já era suficiente. Viu que o cambaleante Clayton não estava em condições de notar sua falta. Aproximou-se da porta. Alippi tinha dormido sobre a adormecida. Blumenthal, um dos poucos que não estavam bêbados ou dopados, fez um aceno com a mão, totalmente desprovido de rancor. Saiu para o ar livre. Respirou, mais do que isso, sentiu prazer respirando.

Começou a caminhar até a Avenida das Américas e de repente notou que alguém vinha com ele. Era Eddie, o negro grandote, um dos três que não tinham tirado os sapatos, talvez o único que tinha dito uma coisa inteligente: "Vocês latino-americanos sempre se interessaram pelo problema do negro nos Estados Unidos e, além disso, têm simpatia por nós. Eu tenho me perguntado por que será. E cheguei à conclusão de que deve ser porque o Departamento de Estado trata vocês como negros".

"O que lhe parece tudo isso?", perguntou agora Eddie.

O negro tinha a expressão tranquila de alguém que já está de volta do assombro. Caminhava com as mãos nos bolsos e a cabeça erguida.

"Por que fazem isso?", perguntou por sua vez Farias.

"Ah, é difícil explicar."

"É de fato tão difícil?"

"Negam-se a ver. Isso é tudo. Fogem."

"Mas... de quê?"

Tinham chegado à sexta Avenida. Eddie fez sinal de que o ônibus vinha. Farias apertou sua mão. Depois subiu de um salto.

Da calçada chegou a voz do negro, mais grave do que de costume: "Chame de realidade, se quiser..."

3.

De Phoenix a Albuquerque dá uma hora e meia de voo. Passou os primeiros trinta minutos falando inglês com seu vizinho de assento. Era um gorducho atarracado, semicalvo, que suava copiosamente por todos os poros. Chamou a atenção de Farias o fato de se entender tão bem com ele. Enfim, alguém que usava um inglês sem percursos desconhecidos, sem novidades idiomáticas. Logo, começou a suspeitar. Contou as vezes que o gordo usava o verbo *to get*. Só uma vez em três minutos. Esse não era norte-americano. "*Where are you from?*", perguntou, receoso. "*Ar-gen-ti-na*", silabou o gorducho. "Como é? Argentina?", protestou Farias, em arrebatado espanhol, "e faz meia hora que a gente está aqui se fodendo com esse inglês de biógrafo!". O outro riu e lhe estendeu a mão: "Montevidéu?". Montevidéu, confirmou Farias. "Eu reconheci pelo fodendo. Vocês o empregam muito mais do que nós."

Daí em diante, o gordo se tornou imparável. Contou sua vida, sua formação, sua rota. Não. Não ficaria em Albuquerque (Farias respirou). Só meia hora de espera até tomar outro avião para Dallas. Suas frases começavam sempre no estilo portenho: "Vocês têm a sorte de ser um país pequeno, quase insignificante, mas nós que etc.", ou também: "Felizes de vocês que têm lá, e nisso fica; em troca, nós que temos a desgraça de ser um dos países mais ricos do mundo etc.", ou, por último: "E, bem, *fiftyfifty*, como dizem por aqui: nós jogamos o melhor futebol do mundo e vocês ganham os campeonatos". "Ganhávamos", murmurou Farias com a cabeça voltada para o corredor.

Para o gordo, os Estados Unidos eram um *bluff*. Com exceção das pontes ("e que importância tem isso?") tudo na Argentina era melhor. "Não me fale da comida, não me fale. A sobremesa que se come em Wyoming tem o mesmo gosto de matéria plástica que a que se come em Washington D.C."

Via-se claramente que fazia muito pouco tempo que ele tomara conhecimento da existência de outro Washington, o "*Evergreen State*". "Não me fale do beisebol, não me fale. Você entende aquela porcaria? Juro que eu prefiro o golfe... Como comparar aquilo com o futebol rio-platense?" Farias entendeu perfeitamente que o termo "rio-platense" era uma concessão, uma espécie de deferência da matriz para com a mais bem contemplada de suas sucursais. Sobreveio uma nova turbulência. O argentino balbuciou: "Com licença" e se inclinou violentamente sobre o saquinho da TWA. Depois calou-se e fechou os olhos. Só durante quinze minutos. Porque as rodas do DC-8 não tardaram a tocar a pista de Albuquerque.

"*Mr. Olendou Feriess. Mr. Olendou Feriess. Required at the TWA counter.*" Para Farias sempre foi difícil entender a voz dos autofalantes, inclusive quando vociferavam em espanhol. De modo que tiveram de chamá-lo quatro ou cinco vezes. "É com você", disse o argentino, que também tinha descido para esperar sua conexão.

Junto ao balcão da TWA estava uma mulher magra, mais ainda, magérrima, de uns sessenta ou sessenta e cinco anos, óculos com aro metálico e um chapéu horroroso, cheio de bicos aguçados que saíam em direção a todos os pontos cardeais. "*Mr. Farias?*", perguntou. "Eu sou *Miss* Agnes Paine. Venho recebê-lo em nome das poetisas de Albuquerque." Farias apertou os ossos daquela mão e teve a impressão de que poderiam quebrar-se no aperto. "Vamos esperar mais um pouco", acrescentou *Miss* Paine, "*Miss* Rose Folwell também está vindo". Farias perguntou se ela, *Miss* Paine, escrevia poemas. "Sim, claro", ela disse, e tirou da bolsa preta um volume fino, de capa dura. "É o meu último livro – tenho três – são trinta e nove poemas." Farias leu de uma olhada o surpreendente título: "*Annihilation of moon and carnival*". "Obrigado", disse, "muito obrigado". Mas *Miss* Paine já continuava: "Na realidade, quem é verdadeiramente importante é *Miss* Folwell". "Ah..." "Sim, ela colaborou nada menos que no *Saturday Evening Post*." Farias pensou que tudo era relativo; tiragens e qualidades tipográficas à parte, ali isso deveria ser algo parecido a colaborar no *Mundo Uruguayo*. "Ali vem ela", exclamou *Miss* Paine, subitamente iluminada. Na escada que levava ao lobby, Farias pôde distinguir a figura de uma velhinha incrivelmente velhinha (podia ter oitenta anos, ou cento e quinze, dava na mesma), ligeiramente trêmula, mas nada encurvada. *Miss* Paine e Farias se aproximaram dela. "*Mr.* Farias", apresentou *Miss* Paine, "*Miss* Rose Folwell, destacada poetisa de Albuquerque, colaboradora do *Saturday Evening Post*". *Miss* Folwell parou um momento de tremer e lhe dedicou seu melhor sorriso do século XIX. "Vamos fazê-lo provar comida mexicana", disse *Miss* Folwell, dirigindo-se a *Miss* Paine. "Sim, claro", disse a aquiescente colega.

Farias encaminhou-se lentamente em direção à saída, com suas duas valises e suas duas velhinhas. Do *lobby*, o argentino despediu-se com grandes gestos e piscadelas descomunais. Farias soube naquele momento qual seria a versão do gordo, ao final da viagem: "Esses uruguaios são mesmo um caso. Conheci um nos Estados Unidos que tinha a extravagância de ir para a farra com umas velhotas ridículas".

Deixaram as valises no hotel, deram-lhe cinco minutos para lavar as mãos e se pentear, e arrancaram novamente no carro de *Miss* Paine rumo ao restaurante mexicano. Foram elas (na realidade, *Miss* Folwell) que pediram a comida. As mesas eram atendidas por umas indiazinhas que falavam espanhol com sotaque inglês, e inglês com sotaque espanhol.

Então *Miss* Paine disse: "Rose, por que você não recita para *Mr.* Farias um de seus poemas?". "Ah, talvez não seja o momento", disse *Miss* Folwell. "Mas claro, como não", sentiu-se obrigado a intervir Farias. "Qual te parece o mais adequado, Agnes?", perguntou *Miss* Folwell. "Todos são lindos", e completou, dirigindo-se a Farias, com o tom de quem o diz pela primeira vez: "*Miss* Folwell é colaboradora do *Saturday*

Evening Post". "Que tal *Divine serenade of the Navajo*?" "Magnífico", aprovou *Miss* Paine, de modo que, antes de chegar o primeiro prato, *Miss* Folwell recitou com seu tom vacilante mas implacável as vinte e cinco estrofes da divina serenata. Farias disse que o poema lhe parecia interessante. O rosto enrugado de *Miss* Folwell conservou a impassibilidade com que tinha acompanhado a última estrofe. Farias sentiu-se compelido a acrescentar: "Muito interessante. Realmente interessante". Era evidente que *Miss* Folwell estava acima do Bem e do Mal. Farias se deu conta de que suas frases não eram muito originais, mas sentiu-se reconfortado ao ver que *Miss* Folwell condescendia em sorrir.

"Vamos fazer *Mr.* Farias provar tequila", disse a colaboradora do *Saturday Evening Post*. *Miss* Paine chamou a indiazinha e pediu tequila. Então *Miss* Folwell disse a *Miss* Paine: "Agnes, você também tem poemas lindos. Recite, por favor, para *Mr.* Farias, aquele que publicaram no *The Albuquerque Chronicle*. Farias compreendeu que esta última referência era destinada a ele, a fim de ressaltar a enorme distância que mediava entre uma poetiza que colaborava no *Saturday Evening Post* e outra que colaborava no *The Albuquerque Chronicle*. "Você se refere a *Waiting for the best Pest?*", perguntou inocentemente *Miss* Paine. "Claro, refiro-me a ele." "Talvez não seja o momento" disse, corando, a velhinha mais jovem. "Mas claro, como não", interveio Farias, tomando consciência de que sua frase fazia parte de um diálogo cíclico.

Miss Paine começou a recitar no exato instante em que Farias levava à boca uma espécie de empanada mexicana e sentia que a picância lhe invadia a garganta, o esôfago, o cérebro, o nariz, o coração, todo o seu ser. "Tome um trago de tequila", sussurrou compreensiva *Miss* Folwell, enquanto *Miss* Paine rimava *muzzle* com *puzzle* e *troubles* com *bubbles*. Em seguida, com gestos sumamente expressivos, *Miss* Folwell mostrou-lhe, sem pronunciar uma palavra, que a tequila se acompanhava com sal, pondo uma pitadinha no dorso da mão esquerda, entre o início do indicador e o polegar, e recolhendo o sal com a ponta da língua. "Me ensinaram isso em Oaxaca", voltou a murmurar *Miss* Folwell, enquanto *Miss* Paine terminava pela quarta vez uma estrofe com o estribilho: "*Bits of pseudo here and there*". Pareceu a Farias que a tequila, sobre a picância, era fogo puro. *Miss* Paine falou o estribilho pela sétima e última vez. Farias quis dizer: "Interessante", mas só conseguiu emitir uma espécie de gemido entrecortado. Três quartos de hora mais tarde, teve consciência de que as duas poetisas de Albuquerque estavam recitando para ele suas obras completas. Só então pôde começar a desfrutar o episódio. Entre a picância e o álcool, cabeça e coração tinham se convertido em substâncias maleáveis, indefinidas, dispostas a tudo. Sentia que estava sendo invadido por uma onda incontrolável de simpatia para com as velhinhas que, entre tequila e tequila, entre pimenta e pimenta, iam derramando suas odes e serenatas, seus responsos e melancolias. Estava vivendo um conto, um conto que nem tinha necessidade de reelaborar, porque as velhinhas lhe estavam dando feito, polido, acabado. Sentiu-se invadido por uma espécie de amor, generoso e esplêndido, frente àquelas duas mostras de lúcida sensibilidade, que tinham sobrevivido impassíveis à extensa sucessão de tequilas. Ele, em compensação, estava bastante tocado, e, como sempre que o álcool o inflamava, teve consciência de que ia gaguejar. "E qu-qual desses po-poemas foi pu-publicado por *el Saturday*?", perguntou em meio à sua própria névoa, sem forças para agregar *Evening Post*. "Oh, nenhum desses", respondeu *Miss* Folwell do alto de sua admirável serenidade e sem assomo de gagueira. "Que-quero que me di-ga aqueles que pu-publicou o *Satur...*". Pela primeira vez *Miss* Folwell corou levemente. "Foi um só", disse com imprevista humildade. "Recite-o, Rose", insistiu *Miss* Paine. "Talvez não seja o momento", disse *Miss* Folwell. "Mas, cla-claro...", balbuciou Farias automaticamente, e arrematou com uma ênfase sincera: "Adiante, Rose!".

Miss Folwell molhou os lábios na sua última tequila, pigarreou, sorriu, pestanejou. Em seguida falou: "*Now clever, or never*". Nada mais. Farias deu curso à sua estupefação com uma bufadela levemente desrespeitosa que expeliu entre os lábios apertados. Mas *Miss* Folwell acrescentou: "Isso é tudo". Outra bufadela. Então, *Miss* Paine, discreta e serviçal, complementou: "Uma verdadeira proeza, Mr. Farias. Atente para o tremendo sentido em apenas quatro palavras: *Now clever, or never*. O *Saturday Evening Post* publicou-o em 15 de agosto de 1949". "Tre-tremendo", assentiu Farias, enquanto *Miss* Folwell se levantava em três etapas e se dirigia ao *Ladies*.

"Di-diga-me, Agnes". Começou Farias o que acreditou que seria uma frase bem mais longa, "po-por que vocês gostam tanto de pimenta e de poesia?". "Curioso que você junte as duas coisas em uma só pergunta, Orlando", disse *Miss* Paine correspondendo ao novo tratamento e à nova confiança, "mas talvez tenha razão. Você acredita que sejam duas formas de fuga?". "Po-por que não?", disse Farias, "mas fu-fugir de quê?". "Da sordidez. Da responsabilidade." Pareceu a Farias que *Miss* Paine escolhia as palavras ao acaso, como quem escolhe naipes de um baralho. Ela emitiu um suspiro antes de concluir: "Da realidade, enfim".

4.

"Temos que pegar Nereida Pintos em Georgetown", disse o guatemalteco, "e depois seguimos até a casa do Harry. Vocês vão ver que gringo mais divertido". "E quem é a Nereida?", perguntou o chileno. "Olha, nasceu em Tegucigalpa, mas faz uns mil anos que está aqui em Washington. Dizem que cozinha uns poemas muito pastorais e umas almôndegas estupendas. Além disso é lésbica, coitada..."

Do assento traseiro do Volkswagen, Farias os escutava e se deixava levar. Tinha conhecido Montes, o chileno, e Ortega, o guatemalteco, em uma festa do Pen Club, em Nova

York. Montes ensinava literatura hispano-americana na Universidade de Notre Dame (*Notredéim*, pronunciavam os ianques) e agora estava em Washington para alguma pesquisa na Biblioteca do Congresso. Ortega não era professor, nem poeta, nem mesmo jornalista; apenas um Arevalista enojado com o Castillo-Armismo e seu arremate final chamado Ydígoras[16]. Fazia dois anos que ele se virava como podia nos Estados Unidos, particularmente em Washington, onde tinha um pequeno apartamento e conseguia todo tipo de descontos e oportunidades para os membros da colônia latino-americana. Ao apartamento, afluíam com frequência jovens norte-americanas, desatendidas por seus maridos. Ortega tinha uma explicação para aquela infelicidade sexual: "Sabem, amigos, esses gringos precisam de muitos *martinis* para tomar coragem, mas o sono sempre acaba chegando antes da coragem".

Farias os ouvia falar, e rir, e blasfemar, e achava que aqueles dois, nascidos a tantos milhares de quilômetros um do outro, eram certamente mais semelhantes entre si do que qualquer um deles com respeito a ele próprio. Um vinha de Cuajiniquilapa e outro de Valdivia, mas tinham algo em comum: a fruta guatemalteca e o cobre chileno que o gringo lhes explorava. Aquele era o idioma único, latino-americano, em que se entendiam. Em Nova York, o chileno tinha lhe dito: "Vocês uruguaios têm a sorte e a desgraça de que os Estados Unidos não precisem de lã. Não os compra. Não os explora. Não os humilha".

"E já sabe, Farias?", estava aconselhando Ortega, "se você precisar de rádios transístores, gravadores, ferros de passar, roupas de *banlon*, canetas esferográficas ou câ-

---

[16] Arevalista: seguidor de Arevalo, o primeiro presidente democraticamente eleito em 1944; Castillo Armas fez parte da junta militar que governou a Guatemala, e foi presidente da Guatemala de 1954 a 1957, quando foi assassinado. Ydígoras, militar, considerado louco, era à época o presidente da Guatemala, posição que ocuparia de 1958 a 1963. (N.T.)

meras, não vai cair nesses *Discount* que são uns *gangsters*. Fale comigo que eu te consigo o melhor, mais ainda, te dou a metade da minha comissão. Não digo para levar um refrigerador, porque de repente você encontra um guarda pouco compreensivo, e fica retido na alfândega. Vocês no sul têm tanto melindre...".
Nereida saiu de sua casa assim que tocaram a campainha. Vendo suas olheiras (largas, profundas, arroxeadas), Farias sentiu uma espécie de choque que não era tontura nem repugnância, mas que contemplava ambas as sensações. Teria uns cinquenta anos e uns noventa quilos, ainda que estoicamente sufocados em sabe-se lá quantas cintas ou afins. Sentou-se atrás, com Farias. Este, para dizer alguma coisa, elogiou Georgetown. "Ah, Georgetown me encanta", disse ela, "Washington me encanta, os Estados Unidos me encantam. Acho que nunca mais eu poderia voltar para a América Central". "Por quê, Nereida?", perguntou Ortega, do banco da frente, "somos selvagens?". "São uma sociedade feudal, é isso que vocês são, com esses maridos que se creem Júpiteres trovejantes e essas mulheres que se creem capachos de Júpiter. Aqui é um matriarcado, que beleza. Com certeza você, Orlando, já terá sido convidado para jantar em um *typical American home*. Não acha um encanto esses americanos radiantes e com avental, vigiando o pastel que puseram no forno? Notou que aqui são as mulheres que tiram as rolhas das garrafas?" Riu tão forte que Ortega a fez calar. "São estupendos", continuou Nereida, "eu sou pelo matriarcado. Por isso, esse país chegou aonde chegou", "Aonde chegou?", perguntou Montes. Nereida não disse nada. A rigor, ninguém se deu o trabalho de responder.

Em Riverdale, Harry e sua mulher os aguardavam. Farias passou para o carro do casal. Era um privilégio do qual o fazia merecedor seu inglês esfarrapado. Harry falava alguma coisa de espanhol, mas Flora só sabia dizer: "*Hasssta la vissssta*". Olhava para Farias, dava adeus com a mão, dizia: "*Hasssta la visssta*", e soltava uma gargalhada. Farias a acompanhou sem maior convicção em várias dessas explosões, mas depois de quinze minutos começou a sentir as mandíbulas um tanto doloridas, e daí em diante limitou-se a sorrir com elaborada solidariedade.

"Vou levá-los a um lugar maravilhoso", disse Harry, feliz em poder gastar sua vocação de líder, e acrescentou em seguida: "O que vocês acharam de Nova York?". "Fascinante, por muitas razões", respondeu Farias. "Quantas dessas razões usavam saias?", inqueriu Flora. Farias voltou a sorrir e sacudiu a cabeça: "Já sei, já sei", disse Flora, "agora você abandonou Nova York e lhes disse *Hasssta la visssta*". Pela primeira vez, Harry acompanhou sua mulher na gargalhada. "Esteve na Radio City?", perguntou Harry. "Claro que estive. É uma das coisas que mais me fascinaram. Esse afã de fazer tudo com maiúscula, essa falta de originalidade para ser original. Me diga uma coisa, Harry, por que quando aquela enorme orquestra, que sobe e desce e dá voltas em cima de uma gigantesca plataforma, tem que tocar um concerto para violino e orquestra, decide-se que a solista toque trompa em vez de violino, e que se vista de shorts em vez de longo? Tudo bem que as freiras norte-americanas escutem rock de protesto ao lado dos fãs, mas não consigo engolir essa mistura de Sibelius e lindas panturrilhas." "Take it easy, Orlando", interrompeu Harry, "acho que você está influenciado por Fidel Castro". Todos se divertiram. "Agora, falando sério. Não acredite que se possa ser musicalmente anti-imperialista. Essa receita da Radio City, afinal, não é de todo má. Graças às lindas panturrilhas, o público digere Sibelius. Difusão cultural, *okéi*? De todo modo, o que você me conta é bem melhor que o programa do natal passado, quando Papai Noel voava de helicóptero pelo interior da sala."

O lugar maravilhoso era Great Falls, estado de Maryland. Farias reconheceu que o espetáculo das quedas d'água valia a pena. "Vamos ver essa formidável organização de piquenique", disse o guatemalteco referindo-se a Harry. "Harry é o especialista", completou Nereida.

Então Harry pegou no carro uma valise, não muito volumosa, e tirou dela uma geladeira portátil, verdadeira preciosidade, onde estava a carne; em seguida, uma espécie de grelha aerodinâmica e desarmável, que foi montada em um minuto; também um combustível sintético (algo assim como bolas de carvão); e, por último, um frasco com um líquido inflamável, especial para carvão sintético, especial para piqueniques especiais. Farias se deu conta de que o fósforo e a fome eram os únicos pontos de contato com um churrasco do Cone Sul. Flora encheu de ar uns almofadões de náilon e todos se sentaram ao redor daquele fogo civilizado e sem problemas, tudo excessivamente resolvido e pronto. Não fosse pelo toque natural que as quedas d'água representavam, aquele piquenique poderia ter se realizado no andar 92 do Empire State Building.

Depois do almoço, viram um pouco de TV por transístores, especial para piqueniques, mas Nereida disse que não gostava de faroestes. Então Harry pegou a Polaroid, reuniu o grupo junto às cinzas esféricas do carvão sintético, e insistiu para que Flora tirasse uma foto dele ao lado dos quatro latino-americanos. Fez um gracejo sobre a diferença entre seu 1,93m de altura e o 1,69 que media o mais alto dos outros. "E ainda acreditam que não são subdesenvolvidos", disse. Quatro minutos depois de ter tirado a foto, a cópia já estava disponível. "Isso é civilização", falou Harry, respondendo aos aplausos de Nereida. Farias não tinha certeza se o *ianque* falava com orgulho ou se apenas debochava dos hábitos nacionais. Ou quem sabe tivesse um pouco das duas coisas. Farias o achava simpático e sincero. De Flora, gostava um pouco menos, sem saber bem por quê. Nesse momento, ela estava lhe mostrando uma garrafa de uísque com uns seios de plástico acoplados, monstruosamente inflados. "Olha só o que Harry trouxe de New Orleans." Nereida dedicou ao artefato uma olhada ansiosa, quase masculina. O chileno se entediava e foi contemplar a pequena catarata, uma espécie de versão para *Reader's Digest* das Niagara Falls. Ortega levou discretamente Farias até perto da estrada. "Harry é um bom sujeito, não te parece? Pelo menos, não é o produto típico." "Sim, gosto muito dele." "Sabe, ele admite o *American Way of Life*, mas por uma certa inércia, e isso definitivamente é o que o está salvando. Não chego a dizer que ele nos entenda (aqui, isso é muito difícil), mas a gente pode falar com ele de Guatemala, de Bolívia e até de Cuba, sem que ele fique histérico. E isso é muito. Pelo menos, ele não acredita que Roosevelt tenha sido comunista." "E Flora?" "Bem, Flora se considera uma frustrada, porque, em casa, é o Harry que manda. De acordo com o esquema de Nereida, Harry é o que tira a rolha das garrafas e Flora é a que cozinha. Claro, não esqueça que viveu dois anos no México. Talvez ali tenha se acostumado..."

Flora andava com Montes saltando entre as pedras. Harry fumava com deleite ao lado do Volkswagen. Nereida lia uma *Esquire* encostada em uma árvore. Ortega optou finalmente por unir-se aos saltadores das pedras, e então Farias deitou-se na grama, a cabeça apoiada no rolo que tinha feito com seu paletó. Refletiu que no Uruguai sempre tinha fugido de piqueniques. Não teve tempo para tirar conclusões. Dormiu.

Duas horas mais tarde, vinha sentado ao lado de Harry e Flora, no assento dianteiro do Chrysler 1960. Os outros tinham ido no Volkswagen de Ortega, e o casal se oferecera para levá-lo até Washington. Estava contente. "Boa gente", pensou. Flora tinha cruzado as pernas. "Boas pernas", pensou. Evidentemente, esta tarde seria uma boa lembrança.

"Por que todos vocês vivem fora de Washington?", perguntou por perguntar. "Me parece uma cidade tão agradável." O perfil de Harry se transfigurou. "Como você quer que nós, seres humanos, vivamos em Washington se aqui há nada menos que uns 65% de negros?" Farias engoliu. "E isso quer dizer o quê?" Flora o olhou com doçura, sem se alterar, certamente compadecida diante da incompreensão. "Como! Não entendeu, Orlando? 65% de negros!" Farias guardou silêncio mas sentiu-se horrível guardando silêncio. Por fim, teve que dizer: "Vocês me perdoem, mas não consigo entender". Harry tinha uma expressão cada vez mais colérica.

No cruzamento da Massachusetts Avenue com a rua 4, o Chrysler teve que frear porque o sinal estava vermelho. Na faixa reservada a pedestres atravessou toda uma família de cor. Os dois últimos negrinhos acenaram para o Harry e riram. Riram como sempre riem, com toda a boca, mostrando até a campainha. Isso já era demais para Harry. Deu um tremendo soco no volante e gritou, dirigindo-se a Farias: "E você pergunta por que não vivemos em Washington! Veja, veja, é esta a nossa realidade! Nossa realidade! Entende agora?" "*Take it easy*, Harry", disse Flora. "Sim, agora, eu entendo", murmurou Farias, e pensou na *party* de Greenwich Village, nas velhinhas invictas de Albuquerque.

Deixaram-no em frente ao National. Farias teve que construir uma longa frase de agradecimento pelo passeio, o piquenique, a comida, a cópia da Polaroid, a volta ao hotel. Harry lhe deu a mão e falou, agora mais calmo: "Foi um grande prazer conhecê-lo, Orlando, verdadeiramente um grande prazer". Flora lhe deu um beijo no rosto.

Farias ficou por um momento na porta do hotel, esperando o carro arrancar. No instante em que o Chrysler 1960 começou a se mover, Flora deu adeus com a mão e disse com gosto: "*Hasssta la visssta!*"

1961

Deixai-nos cair

Van Daalhoff? Muito prazer. Então, foi o Areosa que lhe deu meu telefone? Está bem o homem? Faz anos que eu não o vejo. Aqui no cartão diz que você quer tema para um conto e que ele acha que eu posso ajudá-lo. Bem, nem preciso dizer: no que eu puder, com muito gosto. Os amigos de Areosa são meus amigos. Ana Silvestre, você disse? Claro que a conheço. Ao menos, desde 1944. Agora está noiva. Que coisinha. Sem dúvida que é tema para um conto. Mas, isso sim, mude o nome. Além do mais, você não é daqui. Vai publicá-lo em seu país, é claro. Melhor. Muito melhor. Ana Silvestre. Como nome artístico, não gosto. Nunca consegui explicar por que não quis conservar o nome verdadeiro: Mariana Larravide. (Com gelo e sem soda, por favor.) Em 1944 era o que se chama uma menina: 17 anos. Sempre magrinha, inquieta, despenteada, mas já naquela época tinha algo, algo que deixava os rapazes nervosos, inclusive os mais veteranos, como eu. Quantos anos você me dá? Não exagere, não exagere. Anteontem, fiz quarenta e oito, sim senhor. Escorpião e com muita honra. Sim, há dezesseis anos Mariana era uma menininha. O que tinha de melhor sempre foram os olhos. Escuros, bem escuros. Muito inocentes, enquanto estava na fase inocente. E muito depravados, na outra. Naquela época, ainda se preparava para a faculdade. De Direito, naturalmente. Estudava com os irmãos Zuñiga, o pardo Aristimuño, Elvira Roca e a dinamite Anselmi. Eram inseparáveis. Um grupo verdadeiramente unido. Vinham os seis pela calçada e a gente tinha que ir para o meio-fio, porque eles não abriam caminho nem a pau. Eu os conhecia bem porque era amigo de Arriaga, um professor de filosofia que a rapaziada venerava como um deus, porque era simples e vinha às aulas de motocicleta. Isso até que se arrebentou na Capurro com Dragones, contra um bonde que o enviou ao Maciel com uma perna quebrada e outra também, aposentando-o para sempre do *donjuanismo* ativo. Mas naquele tempo Arriaga nem sonhava com as muletas. Às vezes se sentava comigo no café e víamos a turma entrar e sair, se empurrando e gritando chistes idiotas, desses que só fazem rir quando se está na idade das espinhas. Eu percebia que Arriaga tinha uma tremenda gana por Mariana, mas ela não lhe dava nem nota um no terreno que lhe interessava. Admirava-o como professor e nada mais. Elvira Roca e a dinamite Anselmi, um ano mais velha que ela, já se deitavam com todo mundo, mas Mariana se mantinha incólume, deliberadamente restrita aos namoricos e seus afagos sem consequência. Deve ter sido a virgindade mais falada do mundo livre. Até os garçons tinham consciência de estar servindo a média a uma virgem. O mais notável é que ela declarava não ter preconceitos; simplesmente não sentia impulso para a peripécia sexual. Posso afirmar que, para quem não sentia tal impulso, ela se arrumava de jeito a se fazer olhar, valendo-se de decotes abismais, e estratégicas cruzadas de pernas. Nunca se conseguiu saber quem foi o primeiro. A dinamite Anselmi espalhou a notícia de que tinha sido um assistente do Vázquez, mas este, que se chamava – atente para o que são as coincidências – precisamente Vázquez, numa noite em que tinha entornado uns tantos copos, confessou que tinha sido o segundo. (Obrigado. E outra pedrinha de gelo. Ótimo.) Na realidade, havia vários candidatos para placê, eu entre eles. O que acontecia é que Mariana dizia a todos que, antes daquela vez, só tinha havido "um homem em sua vida". E a gente ficava contente de imbecil que éramos, porque ali ser segundo era quase o mesmo que ser pioneiro, e tudo isso sem a desvantagem da estreia. Uma coisa é preciso reconhecer e é que Mariana sempre teve um estilo próprio. Para a inocência e para a obscenidade. Para a farra e para a tristeza. Gozava de absoluta liberdade, porque os pais estavam em Santa Clara de Olimar e ela vivia aqui com uma tia que teve por certo um passado glorioso. A casa era em Punta Carreta, perto do presídio. Um desses conjuntos de Bello e Reborati[17], que sempre me fizeram recordar de um jogo de armar casinhas que eu tive quando menino. A tia passava as semanas em Buenos Aires e Mariana ficava como dona e senhora da casa, com seus vários balcões e corredores. Era a ocasião de armar soberbas festas barulhentas, com *grapa*, amores e discoteca. Arriaga era um *habitué* dessas reuniões e eu comecei a ir como convidado dele. Naquela época eu gostava da dinamite Anselmi, que no terceiro *martini* seco ficava sentimental e o jeito era consolá-la da carência no sótão. E pensar que naquela época era um bibelô, toda redondinha como se deseja, e hoje, como digna esposa do edil Rebollo, tem umas cataplasmas que foram, faz tempo, seios magníficos. Bom, mas indo em frente. Muitos dos que assistiam a esses carnavais privados, divertiam-se com um solene sentido de dever. Era festa e tinha que se gritar. Era um baile e tinha que se dançar. Era um eldorado e tinha que se rir. Tudo previsto. Mas Mariana, que nessa fase já não era uma menina, não nos esperava com o riso pronto, não senhor. Quando chegávamos sempre estava séria, como se a ideia não tivesse sido sua e a estivéssemos obrigando a se divertir. Mas nós a conhecía-

---

[17] Famosa construtora fundada em 1921 por Ramón Bello e Alberto Reborati. (N.T.)

mos; sabíamos que era preciso criar um clima, ser lentamente cooptada. O mais novo dos Zuñiga dizia um chiste intelectual, desses tão rebuscados que quando a gente consegue pegar o sentido, já veio o bocejo de tanto esperar; o pardo Aristimuño, como é de Bella Unión, contava anedotas da fronteira; Elvira Roca começava a sentir calor e tirava a blusa e companhia; Arriaga, que tinha feito curso de fonética e impostação, recitava cultíssimas indecências da antiguidade clássica e assim Mariana começava a se alegrar pouco a pouco, com verdadeiro ritmo, rindo sem medo. Foi Raimundo Ortiz, hóspede de honra de uma dessas tais pândegas, que, assistindo àquela transformação progressiva até o que ele, como bom homem de teatro, chamava clímax, propôs a Mariana que ingressasse em seu grupo de teatro independente, La Bambalina. Que olho. Desde o começo – se bem me lembro, ela estreou em uma pequena peça de O'Neil – Mariana foi a favorita dos críticos, que naquela época eram poucos, mas cruéis. Ortiz primeiro, e depois Olascoaga (quando ela saiu de La Bambalina para o Telón de fondo, por causa das unhadas que lhe deu Beba Goñi na noite em que Mariana lhe arrebatou o papel de Rameira IV em uma obra que então era de vanguarda e hoje é *démodé*) exploraram o filão e a fizeram representar todos os papéis de putinhas de que dispõe o repertório universal. Juro que, sobre o palco, parecia extraída de *Blue Star* ou de *Atlantic*: o mesmo passo, o mesmo abaixar de olhos, o mesmo ritmo dos quadris. (Obrigado, ainda tenho no copo. Vá lá, já que você insiste, ponha mais um pouco. Não esqueça a pedra de gelo. Excelente.) Nunca lhe davam papéis românticos ou característicos; nem ela os pedia. Representando o papel da Prostituta Respeitosa (que é, depois de Yerma, o mais cobiçado por atrizes com temperamento) sentia-se segura e à vontade. Na vida diária exibia uma carinha tão habilmente maquiada de pureza, que, quando entrava no cenário e tirava esse creme chamado dissimulação, emergia brutalmente ao natural sua expressão de veterana precoce. Os que a conheciam apenas superficialmente podiam acreditar que a sua personalidade teatral era o que se chama "composição de personagem", mas a verdade é que ela compunha um único personagem, o de Ana Silvestre, quando se encontrava fora de cena. Eu, que segui palmo a palmo toda sua curta carreira, posso assegurar que Mariana estava mais afeita ao cinismo que à introspecção. Zombava das mais célebres seriedades do mundo, tais como a Igreja, a Pátria, a Mãe e a Democracia. Lembro que uma noite na casa de Punta Carreta (para ser exato, no dia 3 de fevereiro de 1958), deu de organizar uma espécie de missa profana ("missa cinza", a chamava) e de joelhos e com perfeito despudor, pôs-se a rezar: "Deixai-nos cair em tentação". Acredito que foi aí que ela passou do ponto. Ao menos, posso assegurar que ali começou sua vacilação, sua lamentável frustração atual. Porque Deus – me entende? – levou-a ao pé da letra: deixou-a cair em tentação. Você dirá qual tentação, se já as conhecia todas. Mas me deixa contar. Me deixa contar. O grupo de Olascoaga estava ensaiando uma pecinha de autor nacional, naquele ano em que isso era uma epidemia devido à subvenção a Teatros Municipais. Feliz de você que não assistiu a esse apogeu. Tinha autores nacionais para dar e vender. Uma vez éramos seis lá no Chocho, e dos seis, cinco eram autores nacionais. Que barbaridade. Só eu me conservei invicto. Bem, a obra que o Telón de fondo ensaiava não era exatamente das piores. Acho até que pegou o terceiro prêmio nas Jornadas. Tinha um arzinho sentimental que tocou os críticos diretamente no sistema circulatório. Eu vou lhe ser franco e confessar que não me lembro mais da proposta, nem do entrecho, e menos ainda do desenlace. Mas me lembro com perfeição da figura central, uma jovem carregada de pureza. O autor (Sabe quem é? Edmundo Soriano, hoje advogado e orador, dizem que se ergueu economicamente com sua campanha anticomunista, um ingênuo, enfim), bem, Soria tinha esmagado sua protagonista com o peso da calamidade universal. Morria o pai e ela era pura; o padrasto a pegava e ela continuava pura; o noivo a insultava e ela continuava pura; demitiam-na do emprego e ela continuava pura; um bando a agarrava e ela continuava pura. Insuportável, o que se pode chamar de insuportável. No final morria, acredito que de pureza. Pode ser que eu esteja fazendo a sinopse com certa má vontade, porque a verdade é que peguei uma certa bronca com o fato de que a peça foi bem recebida e que alguns intransigentes que eu conheço como a palma da minha mão justificaram Soria com o argumento raquítico de que "quando alguém se propõe a fazer um melodrama, tem que se enfiar nele até o pescoço". A verdade é que sem Mariana a peça teria sido um desastre sem salvação. Mas deixa eu contar. O papel da pura não era a Mariana que ia fazer, que esperança. Durante três meses Alma Fuentes (nome verdadeiro: Natalia Klappenbach) tinha ensaiado com um fervor e uma memória invejáveis. Três dias antes da estreia, Almita caiu de cama com rubéola e Olascoaga enfrentou um problema que mais que artístico dizia respeito ao que estava envolvido. Tinha pagado adiantado o aluguel da sala Colón – as únicas três semanas livres em todo o inverno – e não tinha como suspender a temporada. Eu estava lá na tarde em que Olascoaga reuniu o elenco e fez esta pergunta premente: "Qual de vocês, garotas, é capaz de fazer o sacrifício de aprender o papel de hoje até sexta e, com isso, salvar nossas finanças?". Enquanto as sete preciosidades mal tinham começado as mútuas sondagens visuais, Mariana já tinha respondido: "Eu já sei o texto de cor". "Você?", reagiu Olascoaga com um estupor que era quase uma bronca. Olhei para ele e me dei conta do que estava pensando: como colocar a eterna rameira do elenco em um papel de pura sem vacilações? Mas também olhei a cara de Mariana e vi que ali tinha começado uma transformação. Dessa vez tinha uma expressão, não direi limpa, mas certamente de alguém com vontade de se limpar. Acho que Olascoaga viu o mesmo que eu porque disse a ela: "Você se anima de verdade?". "Me animo", respondeu. E como se animou. Desde a primeira noite, foi a revelação. Eu não podia crer no que via.

Como posso dizer? Só lhe faltava o halo. Uma santa, aquilo que se pode chamar de uma santa. Quando o bando a agarrava, dava vontade de fuzilá-los. Criminosos. Quando o noivo a insultava, chegaram a gritar na plateia: "Morre, sua besta". Não importava que o diálogo fosse idiota; ela lhe injetava uma força tão comovente que até eu lacrimejava nas cenas de bravura. Quando, no final da segunda semana, Almita a viu ("você está completamente descartada", Olascoaga tinha dito a ela depois de lhe prometer Fedra), teve um ataque de nervos e com razão; imagina que a inveja fazia tremer seu pômulo esquerdo e a pálpebra direita. Pobre Almita. Mas a grande surpresa foi no final da temporada (graças ao fantástico êxito, tinha se estendido a seis semanas). Na noite da última apresentação, quando a cortina ainda estava caindo, Mariana anunciou que deixava o teatro. Todos soltaram o riso; todos menos eu e Olascoaga. Nós sabíamos que era verdade. Apenas por desencargo, Olascoaga perguntou por quê. "Este foi o meu papel", disse ela, sorrindo, com sua nova cara de anjo. "Não quero fazer nenhum outro no teatro." E completou em seguida, em voz tão baixa que parecia estar falando para si mesma: "E nem na vida". Percebe? É o que eu lhe disse: Deus tinha se vingado. (Epa, mais uísque não. Bem, só mais um pouquinho. Mas definitivamente o último. Não esqueça o gelo. Obrigado.) Sim senhor, Deus tinha se vingado. Deixou-a cair em tentação. Mas na tentação do bem, que era a única que lhe faltava. Desde então, nunca mais. Acabaram-se aquelas festas. Acabou o deboche. Até deixou a casa da tia. Agora lê uma barbaridade. Escuta música, Mozart inclusive. Até estuda violão. Passou a ser boa, que desastre. O pior é que eu acho que ela está convencida, quer dizer que já não tem salvação. Faz uma semana encontrei-a no Cordón e convidei-a para tomar um cafezinho, bem um cafezinho ela e eu uma *grapa*, porque tinha curiosidade de ouvi-la falar assim, sem público, cara a cara comigo que conheço sua história e ela sabe disso. Bem, adivinha o que ela me disse? "Sou outra, Tito, pode acreditar? Antes da obra de Soria, eu não tinha pegado gosto pelo lado bom das coisas. Nunca tinha experimentado me sentir pura, me sentir generosa, me sentir simples. Mas quando entrei no personagem de Soria como quem entra em um vestido de confecção ao qual não é necessário fazer nenhum ajuste, senti que aquela era a minha medida. Olha, nem era bem um vestido. Era mais como se eu tivesse entrado no meu destino, entende? E desde aquele momento soube que estava conquistada, ganha ou perdida, chame como quiser, mas que nunca mais poderia voltar a ser o que tinha sido. Quando decorei o texto, antes da doença de Almita, fiz isso para me divertir, porque tinha a intenção de parodiá-la em uma daquelas sessões. Mas quando vi a possibilidade de dizer eu aquelas palavras, de me imaginar assim, tive a coragem suficiente para me aferrar àquele papel. E quando subi ao palco e as disse, juro, Tito, que era eu mesma a que falava, juro que nunca tinha dito coisas tão minhas como aquelas palavras alheias que alguém tinha me ditado." E em seguida – está sentado? – a revelação: "Estou noiva, sabe? Não faça esse gesto, Tito, você não consegue se convencer de que agora sou outra, mas eu, sim, eu sei, estou segura. É um argentino, de pais holandeses. Usa óculos e parece que te olha até a alma, mas não me importa porque agora minha alma está limpa. Não conhece nada da minha vida de antes. Só conhece esta que eu sou agora e eu gosto que seja assim. Não quero que fique sabendo, sabe por quê? Porque eu sou outra. É loiro e tem cara de bom. Eu não minto para ele, não o engano porque sou outra de verdade. Mede uns dois metros, de modo que anda sempre como se abaixando. É um encanto. Tem as mãos grandes e os dedos finos. Veio faz três meses e vai embora daqui a dois. O importante é que me leva com ele e estou salva. Não há porquê lhe contar como era antes, porque não é forte, não aguentaria o golpe. Vamos viver em Rotterdam. E Rotterdam fica longe de Punta Carreta. Além disso, Deus está do meu lado. Percebe, Tito?". Chorava a imbecil, mas o pior é que chorava de contente, que calamidade. Está mais magra, o cabelo ficou ondeado, sei lá. Nem sequer tive coragem de dar-lhe a ritual palmada nas nádegas, como sempre foi a nossa despedida. Confesso que estou desorientado. A única coisa que eu queria saber é quem é o imbecil que a está levando para Rotterdam. Alto, loiro, de óculos. Mãos grandes, dedos finos. Como se abaixando. Que engraçado, igual a você. Não me diga que... Era só o que faltava! Agora sim que ficou bom. Era o que faltava! A culpa é sua por me fazer tomar quatro uísques seguidos. E o seu nome é Van Daalhoff. Claro como a água. Perdoe-me pelo imbecil. O que se vai fazer? Agora já não tem conserto. Pobre Mariana. Reconheça pelo menos que Deus não estava do seu lado.

1961

tipologia Abril
papel Pólen Soft 70g
impresso por gráfica Loyola para Mundaréu
São Paulo, abril de 2021